光文社文庫

長編時代小説

陽炎（かげろう）の符牒
日暮左近事件帖

『修羅活人剣　日暮左近事件帖』改題

藤井邦夫

光　文　社

※本書は、二〇一二年六月に廣済堂文庫から刊行された「修羅活人剣　日暮左近事件帖」を改題し、本文の文字を大きくした上で、さらに著者が加筆修正したものです。

目次

江戸川橋
大塚
板橋宿へ
巣鴨
赤城明神
石切橋
松平越前守屋敷
神楽坂
切支丹坂
御薬園
小日向馬場
江戸川
中山道
日光御成街道
傳通院
小石川
神明宮
小石川御門
水戸徳川家
白山
駒込
春日町
水道橋
千駄木御林
駒込追分
神田川
本郷
加賀前田家
道灌山
根津権現
霊雲寺
日暮里
神田大明神
門前町
池之端仲町
不忍池
湯島天神
弁天
妻恋坂
根岸
谷中本村
東叡山寛永寺
下谷広小路
外神田
下谷金杉町
御徒町
下谷山崎町
向柳原
広徳寺
三味線堀
下谷竜泉寺町
幡随院
甚内橋
千住大橋
阿部川町
新吉原
御蔵前片町
新堀川
日本堤
東本願寺
御蔵前
御米蔵
御蔵前通り
日光道中
首尾の松
小塚原
浅草寺
浅草広小路
山谷町
御厩河岸之渡し
駒形町
新鳥越橋
雷門
山谷堀
浅草駒形堂
花川戸町
聖天町
竹町之渡し
吾妻橋
今戸橋
今戸町
白鬚之渡し
源森橋
竹屋之渡し
瓦町
中之郷
向島墨堤
北割下水
源森川
三囲稲荷
長命寺
木母寺
隅田村
小梅村
法恩寺橋
業平橋
寺島村

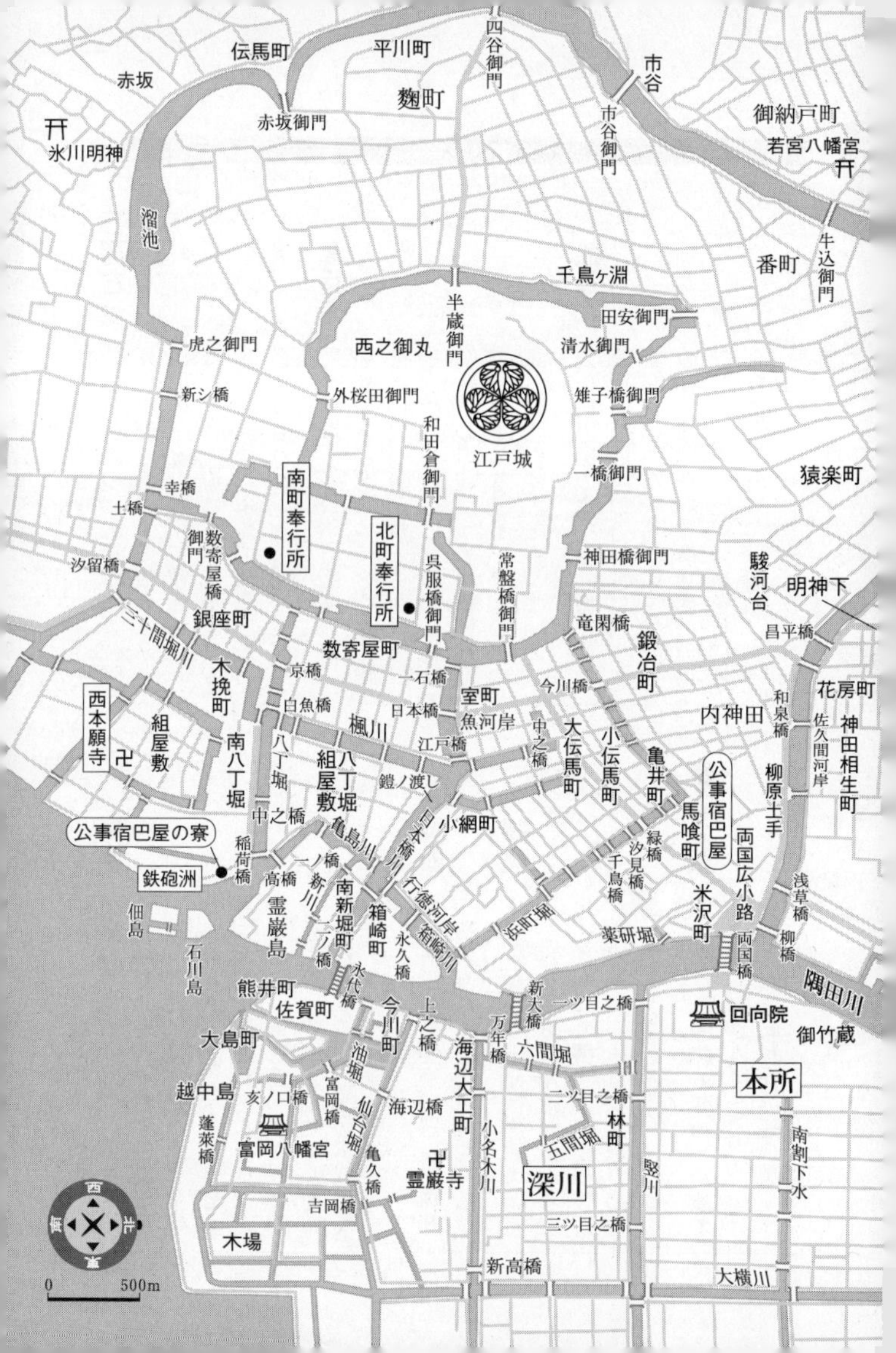
伝馬町
平川町
四谷御門
市谷
赤坂
麹町
赤坂御門
市谷御門
御納戸町
若宮八幡宮
氷川明神
溜池
牛込御門
番町
千鳥ヶ淵
半蔵御門
田安御門
西之御丸
清水御門
虎之御門
新シ橋
外桜田御門
雉子橋御門
和田倉御門
江戸城
南町奉行所
一橋御門
猿楽町
幸橋
土橋
北町奉行所
数寄屋橋御門
神田橋御門
常盤橋御門
呉服橋御門
汐留橋
駿河台
明神下
銀座町
竜閑橋
三十間堀川
数寄屋町
昌平橋
鍛冶町
京橋
一石橋
今川橋
花房町
木挽町
室町
西本願寺
白魚橋
日本橋
魚河岸
内神田
和泉橋
組屋敷
楓川
中之橋
大伝馬町
小伝馬町
佐久間河岸
神田相生町
南八丁堀
八丁堀
組屋敷
江戸橋
亀井町
公事宿巴屋
柳原土手
八丁堀
鎧ノ渡し
馬喰町
中之橋
小網町
日本橋川
公事宿巴屋の寮
亀島川
緑橋
両国広小路
稲荷橋
一ノ橋
汐見橋
鉄砲洲
高橋
新川
南新堀町
行徳河岸
千鳥橋
米沢町
浅草橋
佃島
霊巌島
箱崎町
浜町堀
二ノ橋
箱崎川
薬研堀
柳橋
両国橋
石川島
永久橋
永代橋
新大橋
隅田川
熊井町
今川町
一ツ目之橋
佐賀町
上之橋
回向院
大島町
万年橋
海辺大工町
六間堀
御竹蔵
油堀
本所
越中島
亥ノ口橋
富岡橋
仙台堀
海辺橋
二ツ目之橋
林町
南割下水
蓬莱橋
富岡八幡宮
五間堀
小名木川
亀久橋
霊巌寺
深川
竪川
吉岡橋
三ツ目之橋
西
北
東
南
木場
新高橋
0
500m
大横川

主な登場人物

日暮左近
公事宿巴屋の出入物吟味人。瀕死の重傷を負っているところを巴屋の主・彦兵衛に救われた。ただし、記憶はすべて消えており、彦兵衛によって日暮左近と名付けられた。

彦兵衛
馬喰町にある公事宿巴屋の主。瀕死の重傷を負っていた謎の男を救い、日暮左近と名付ける。その後、左近を巴屋の出入物吟味人として雇い、公事宿巴屋に持ち込まれるさまざまな公事の調べに当たってもらっている。

おりん
公事宿巴屋の主・彦兵衛の姪。浅草の油問屋の若旦那に望まれて嫁にいったが夫が亡くなったので、叔父である彦兵衛の元に転がり込み、巴屋の奥を仕切るようになった。

房吉
巴屋の下代。元は芝口の湯屋の若旦那だったが、博奕と喧嘩に明け暮れ親に勘当された。父親が高利貸しに身代を騙し取られ、母親を道連れに首を括ったときから、人が変わった。父親を死に追いやった高利貸しを暗殺したあと、巴屋の下代になり、彦兵衛の右腕となる。

お春
公事宿巴屋の婆や。巴屋の周りを暇人たちに見張らせている。

陽炎
秩父の女忍び。元は許嫁ながら兄を殺した日暮左近を仇として再三にわたり襲っていたが誤解が解ける。いまは秩父忍びの再興に尽力している。

青山久蔵
北町奉行所吟味方与力。冷徹で悪党に容赦がなく、「剃刀」と仇名される斬れ味の鋭い男。

陽炎（かげろう）の符牒

日暮左近事件帖

第一章　修羅活人剣

一

夜の亀島川には江戸湊の潮騒が響き、潮の香りが漂っていた。

亀島川沿いの亀島町川岸通りに人影が浮かんだ。

人影は、提灯も持たずに夜の暗がりを進んだ。足取りは馴れたものであり、夜の闇に対する恐れや迷いはなかった。

人影は単衣に袴の若い侍であり、総髪を束ねた髷を僅かに揺らした。

若い侍は、亀島町の川岸通りを進んで八丁堀に架かる稲荷橋に差し掛かった。

稲荷橋の向こうの夜空には、鉄砲洲波除稲荷の屋根が黒い影となって浮かんでいた。

潮騒と潮の香りは一段と強くなった。

刹那、鉄砲洲波除稲荷の屋根の浮かぶ夜空が微かに揺れた。

若い侍は、稲荷橋を蹴って夜空に飛んだ。

闇を引き裂く鋭い音が短く鳴り、半弓の矢が若い侍のいた処に突き刺さって胴震いした。

若い侍は、夜空で一回転をして稲荷橋に舞い降りた。浪人たちが稲荷橋の両方の袂に現れて若い侍を取り囲んだ。

若い侍は、静かに身構えた。

「公事宿巴屋の出入物吟味人、日暮左近だな」

頭分の浪人が念を押した。

「公事の遺恨か……」

日暮左近と呼ばれた若い侍は、微かに苦笑した。

日暮左近は、雇い主である公事宿『巴屋』彦兵衛の指示で依頼人を苦しめた高利貸しの悪辣さを暴き、公事訴訟に勝った。そして、大きな恨みも買ったのだ。

浪人たちは、日暮左近に猛然と斬り掛かった。

左近は、僅かに腰を沈めて無明刀を閃光に変えた。

閃光は斬り掛かる浪人たちを貫き、斬り裂いた。

血が飛び、臭いが過(よ)ぎった。

二人の浪人は胸と首筋の血脈を斬られ、土煙を舞い上げて倒れた。

浪人たちは、一瞬の内に二人の仲間を斬り棄(す)てられて怯(ひる)んだ。

左近は、無明刀を手にして佇(たたず)んだ。

長さ二尺三寸、幅はやや広めで肉厚。刃文が力強く波打っている無明刀の切っ先から血が滴(したた)り落ちた。

「おのれ……」

頭分の浪人は、怒りを溢(あふ)れさせて左近との間合いを詰めた。

左近は、佇んだまま動かなかった。

頭分の浪人は、間合いを詰めて見切りの内に踏み込んだ。

当然、左近は間合いを保とうと後退する。

頭分の浪人は読んだ。だが、左近は後退しなかった。頭分の浪人は、戸惑いながらも左近に鋭く斬り付けた。

刹那、左近は無明刀を下段から無造作に斬り上げた。

頭分の浪人の刀を握る腕が、両断されて夜空に飛んだ。

頭分の浪人は、我が身に起こった事が飲み込めず呆然とした。刀を握り締めた己の腕が、足元に落ちて弾んだ。

次の瞬間、頭分の浪人の斬られた腕から血が噴き出した。

頭分の浪人の顔は蒼白になり、身体の均衡を崩して回転するように血を振り撒(ま)きながら倒れた。

剣は瞬速……。

左近は、激しく痙攣(けいれん)して意識を失う頭分の浪人を冷たく見下ろした。

浪人たちは、恐怖に立ち竦(すく)んで構える刀を小刻みに震わせた。

「これまでだ……」

左近は、無明刀を濡らす血を揺すり切った。

血は切っ先から落ちて飛び散った。

左近は、無明刀を鞘(さや)に戻し、稲荷橋を渡った。

浪人たちは、黙って道を空けた。

左近は、何事もなかったかのように稲荷橋を渡り、鉄砲洲波除稲荷の裏手の暗闇に消え去った。

月はようやく雲間から現れ、辺りを青白く照らした。

潮騒が響き、潮の香りが血の臭いを覆うように漂った。

馬喰町（ばくろちょう）の公事宿『巴屋』は、主（あるじ）の彦兵衛が出戻りの姪のおりん、下代（げだい）の房吉（ふさきち）や清次（せいじ）を使って営んでいた。

公事宿は、公事訴訟を抱えて地方から江戸にやって来た者を泊め、目安（訴状）の代筆作成から諸役所への付き添いなどの法的な仕事をした。

公事訴訟の背後には、血生臭いものが潜んでいる事もある。

日暮左近は、そんな出入訴訟の吟味人として彦兵衛に雇われていた。


鉄砲州波除稲荷裏の寮は、夜の闇と潮騒に包まれていた。

日暮左近は、寮を静かに見据えた。

公事宿巴屋の寮は、明かりも灯されていなく、人のいる気配はなかった。

左近は見定め、勝手口に廻った。そして、隠し錠を外して寮に入った。

左近は、暗い寮の中を見廻した。

出掛けた時と変わりはない……。

左近がそう見定めようとした時、不意に云い知れぬ違和感を覚えた。

何かが違う……。

左近は、殺気を鋭く放った。
敵対する者が忍んでいれば、必ず何らかの反応を見せる筈だ。
寮には、居間、寝間、次の間、台所、風呂場、厠（かわや）がある。
左近は、殺気を放ち続けた。だが、反応は何もなかった。
忍んでいる者はいない……。
ならば、左近が帰る前までいたのかもしれない。
左近は、燭台（しょくだい）に明かりを灯した。
仄（ほの）かな明かりが居間を照らした。
左近は、居間に忍び込んだ者の痕跡を探した。
居間の壁に赤い天道虫（てんとうむし）がいた。
左近は眉をひそめた。
まさか……。
左近は、赤い天道虫に手を伸ばした。
赤い天道虫は逃げなかった。
左近は、指先で赤い天道虫を摘（つま）んだ。
赤い天道虫は、決して動くことのない作り物だった。

陽炎……。

左近の予感は当たった。

赤い天道虫は、陽炎が急いで連絡が欲しい時に使う符牒だった。

「陽炎……」

左近が感じた違和感は、陽炎の残した赤い天道虫だった。

陽炎は、秩父忍びの僅かな残党の一人であり、左近の許嫁だった女忍びだ。

今、陽炎は何をしているのだ……。

左近は知らなかった。

秩父忍びの再興を願っている陽炎は、おそらく後ろ盾と金を求めて危険な仕事を引き受けている。そして、何らかの危機に陥り、左近に助けを求めているのかもしれない。

どうした……。

左近に不安が過ぎった。

秩父忍びの江戸での忍び家は、雑司ケ谷の鬼子母神裏にある小さな百姓家だ。

行ってみるか……。

雑司ケ谷の鬼子母神は、鉄砲洲波除稲荷から北西にざっと二里（約四キロ）だ。

走れば半刻（一時間）も掛からない……。

忍びの者には、造作もない距離だ。

左近は、燭台の明かりを消し、寝間の押し入れに入った。そして、押し入れの壁の隠し戸から外の闇に忍び出た。

夜の闇には微かな揺れもなく、潮騒が規則正しく響いていた。

左近は、闇に忍んで寮の周囲に異常のないのを見定め、地を蹴った。

夜の闇が小さな渦を巻いた。

左近は消えた。

雑司ケ谷村は寝静まっていた。

左近は、鬼子母神の境内に佇んだ。

境内の〝子育て公孫樹〟と呼ばれる公孫樹の大木は、微かに葉音を鳴らしていた。

左近は、鬼子母神の裏手の雑木林に進んだ。

雑木林の中に小さな百姓家が見えた。

左近は、雑木林を油断なく窺った。

雑木林には虫の音が響き、闇は毛筋ほども動かず、異常は見当たらなかった。

だが、油断はならない……。

左近は、小さな百姓家に忍び寄った。そして、百姓家の中の様子を窺った。中は暗く、微かに人の気配がした。

陽炎か……。

左近は、百姓家に忍び込んだ。

土間と狭い板の間があるだけの百姓家は暗く、黴と薬草の臭いが満ち溢れていた。

左近は、百姓家の隅に忍んで人影を探した。

刹那、百姓家の上から小柄な忍びの者が左近に襲い掛かった。

左近は、咄嗟に躱して忍びの者の背後を取って腕を捩じ上げた。

忍びの者は、膝をついて苦しく呻いた。

手応えがなさ過ぎる……。

左近は戸惑った。

「放せ……」

忍びの者は、苦しげに声を嗄らした。

女……。

左近は、忍びの者の覆面を取った。覆面の下から十四、五歳の少女の顔が現れた。

まだ子供だ……。

左近は戸惑った。

「秩父忍びか……」

左近は、戸惑いながら尋ねた。

少女は、左近を睨(にら)みつけて顔を背(そむ)けた。

左近は、符牒の赤い天道虫を少女に見せた。

少女は、顔を輝かせた。

「日暮左近どのか……」

「お前は……」

「陽炎さま配下の螢(ほたる)……」

螢と名乗った少女は、左近に逢えた喜びを隠さなかった。

左近は、螢の腕を放した。

「螢、陽炎はどうした」

「陽炎さまは今、下野(しもつけ)国宇都宮(うつのみや)藩の江戸下屋敷においでだ」

「宇都宮藩の江戸下屋敷……」

「千駄ケ谷(せんだがや)にある」

「宇都宮藩と云えば戸田(とだ)家か……」

下野国宇都宮藩は、下谷七軒町(したやしちけんちょう)に江戸上屋敷があり、藩主戸田忠温(ただよし)は七万七千石(ごく)の譜代の大名だった。

「うん。陽炎さまは、戸田家の御養子於福丸(おふくまる)さまの御守(おもり)役を務めている」

「養子の御守役……」

「うん。だけど……」

螢は、哀しげに言葉を詰まらせた。

「どうした……」

左近は、不吉な予感に襲われた。

「怪我をされて……」

螢は、左近に縋(すが)る眼を向けた。

「怪我……」

左近は眉をひそめた。

「うん……」

螢は、口惜しげに頷いた。

左近は、螢の様子から陽炎が斬られたと睨んだ。

陽炎は、左近と共に様々な修羅場を潜って来た女忍びだ。その陽炎に手傷を負わせた相手は何者なのだ。

左近は推し量った。

忍び……。

陽炎が闘っている相手には、忍びの者がいる。

左近は睨んだ。

「傷は深いのか……」

「深くはないが、左脚の太股を斬られて動けず、於福丸さまをお護りする事は叶わない」

「それで、俺に報せろと命じられたか……」

「うん。そして、赤い天道虫の使い方を教えられた」

波除稲荷裏の寮に赤い天道虫を残したのは、陽炎の配下の螢だった。

「陽炎は、誰に何故、斬られた……」

「それは陽炎さまが教えてくれる」

螢は言葉を濁した。

陽炎は、大名家の複雑な争いの渦中にいる……。

左近の勘が囁いた。

「そうか……」

雑木林に響いていた虫の音が、一瞬途絶えて再び響いた。

「さあ、左近どの。陽炎さまが待ちかねている。行こう」

螢は、百姓家を出ようとした。

「待て……」

左近は螢を止め、格子窓を僅かに開けた。

窓から入り込む風はない。

左近は、窓の外の雑木林を見据えた。

雑木林は暗く、風もないのに梢が微かに揺れていた。

忍びの者が潜んでいる……。

潜んだのは、雑木林の虫の音が僅かに途絶えた時なのだ。左近は気付いた。

「どうした」

「どうやら忍びに見張られている……」

左近は苦笑した。

「なに……」

螢は驚いた。

「陽炎は千駄ケ谷の宇都宮藩江戸下屋敷だな」

「うん」

「よし。俺は忍びの者を始末して行く。螢は先に戻り、この事を陽炎に伝えてくれ」

「一人で大丈夫か……」

螢は、眉をひそめて心配した。

「きっとな……」

左近は苦笑した。

雑木林に虫の音は響いた。

月は雲間に隠れ、雑木林は再び闇に覆われた。

左近は小さな百姓家を出て、辺りに殺気を鋭く放った。

雑木林の虫の音が消え、闇が狼狽えたように揺れた。

それは、左近の殺気に対する反応だった。
左近は、揺れた闇に飛んだ。
手裏剣が闇から放たれ、左近を迎え撃った。
左近は、闇を飛びながら無明刀を煌(きら)めかせ、手裏剣を次々と叩き落とした。
忍びの者たちは狼狽えた。
左近は、闇から着地しながら無明刀を真っ向から斬り下げた。
無明刀は閃光となり、額を断ち斬られた忍びの者が大きく仰(の)け反(ぞ)った。
左近は、大きく仰け反った忍びの者の胸を蹴り、背後に飛んで着地した。
忍びの者たちは左近に殺到した。
左近は後退せず、忍びの者たちに向かって音も立てずに走った。
左近と忍びの者たちは、互いに引き合うように音もなく絡み合った。
静寂に忍び刀が煌めき、血煙が上がった。
左近は、忍びの者たちを容赦なく斬り棄てた。
忍びの者たちは闇に退き、左近は追って消えた。
雑木林に静寂が訪れ、やがて虫の音が響き始めた。
闘いは終わった。

千駄ケ谷の町は、四谷大木戸から西に進み、追分で甲州街道に入った処だ。

下野国宇都宮藩江戸下屋敷は、千駄ケ谷町を流れる玉川上水に架かる小橋を渡った処にあった。

左近は、宇都宮藩江戸下屋敷の門前に潜んで様子を窺った。

下屋敷には結界が張られ、護られていた。だが、結界は貧弱なものであり、陽炎の苦労が偲ばれた。

左近は、閉められた表門の屋根に飛んで己の姿を晒した。

忍びの者が闇から現れ、苦無を翳して左近に襲い掛かった。

左近は飛んで躱し、そのまま忍びの者を蹴り飛ばした。忍びの者は、表門の屋根から転げ落ちて屋敷内に着地した。左近は、追って表門の屋根から飛び降りた。

忍びの者は、忍び刀を抜いて左近に斬り掛かった。

忍び刀は短く唸りをあげた。

左近は躱した。

忍びの者は、技は未熟だが、勢いと鋭さが漲っていた。

若いな……。

左近は、忍びの者の覆面の下の顔を読んだ。

「止めろ、小平太」

螢が現れ、忍びの者に駆け寄った。

「螢……」

小平太と呼ばれた忍びの者は、螢が止めに入ったのに戸惑った。

「日暮左近どのだ」

螢は、小平太に告げた。

「日暮左近……」

左近は、小平太に陽炎の符牒である赤い天道虫を見せた。

「そうか……」

小平太は、左近を一瞥して表門の屋根に飛んだ。

「無事だったか……」

螢が、安堵を滲ませた。

左近は苦笑した。

螢は、左近が忍びの者に殺気を放って闘いに持ち込んだ隙を衝き、鬼子母神裏の小さな百姓家を脱出したのだ。

「さあ、陽炎さまがお待ちだ……」

螢は、左近を奥御殿に誘った。

左近は続いた。

下屋敷内は、虫の音も消えて緊張に覆われていた。

暗い廊下は長く続いた。

左近は、螢に案内されて進んだ。

薬湯の匂いが微かに漂って来た。

螢は、小さな明かりの灯された部屋の前に跪いた。

「陽炎さま……」

「螢、左近が参ったか……」

陽炎の懐かしい声がした。

「はい」

「入ってもらえ」

陽炎は命じた。

螢は、障子を開けて左近を促した。

左近は、薬湯の匂いの満ちた部屋に入った。

小さな明かりの奥に陽炎がいた。

二

燭台に灯された火が瞬いた。

「陽炎……」

「左近……」

陽炎の顔に懐かしさが過ぎった。

「脚を斬られたそうだな」

「うむ。不覚を取った」

陽炎は、口惜しさを滲ませた。

「何処の忍びだ」

「おそらく二荒忍び……」

「二荒忍び……」

左近は眉をひそめた。

二荒忍びは、日光二荒山に根付いた修験者から発した忍びの一党であり、秩父忍び同様に滅び去ったとされていた。

「うむ……」

陽炎は頷いた。

「二荒忍び、生きながらえていたのか……」

左近は、鬼子母神裏の雑木林で闘った忍びの者たちを思い出した。

「我ら秩父忍び同様にな……」

陽炎は、微かな嘲り(あざけ)を浮かべた。それは、秩父忍びの再興を願う己への嘲りにも見えた。

「して陽炎、戸田家の養子を護っていると聞いたが、仔細を聞かせてもらおう」

「左近、手を貸してくれるか……」

陽炎は顔を輝かせた。

「そなたを一人死なせる訳には参らぬ」

左近は告げた。

「左近……」

陽炎は、左近を見つめた。

「仔細を聞こう……」

左近は促した。

「う、うむ……」

陽炎は、微かな吐息を洩らした。

「戸田家の養子、於福丸と申したな」

「左様。六歳になる将軍家の若さまだ」

陽炎は告げた。

「将軍家の若さま……」

左近は戸惑った。

「若さまと申しても二十三番目でな。養子先に戸田家を選ばれた……」

十一代将軍徳川家斉（とくがわいえなり）は、十五歳で将軍の座に就いてから四十人の側室を持ち、五十余人の子供がいたとされる。

於福丸はその子供の一人であり、家斉と幕閣は養子先を探した。そして、養子先として選ばれたのが、嫡男のいない宇都宮藩戸田家だった。

戸田家は譜代（ふだい）の大名であり、当主忠温は文武に優れた才気煥発の男として将来を嘱望（しょくぼう）されていた。

将軍家の御血筋を養子に迎えるのは、大名家にとって名誉な事であり、お家安泰を意味する。だが、同時に先祖たちが営々と護ってきた戸田家の血筋を藩主の座から絶やす事でもあった。

養子を喜んで受け入れるか、それとも反対するか……。

大名家は迷い躊躇う。しかし、将軍家御血筋を拒否する事は出来る筈もなく、受け入れるしかなかった。

「戸田家に嫡男はいなかったのか……」

「奥方には姫君ばかりで、国元には側室の子がいる。だが、藩主忠温はまだ三十歳を過ぎたばかり、嫡男誕生の望みは多い」

「ならば、於福丸の養子に反対する者も多いな」

「左様。藩主忠温は何も申さぬが、家臣の多くは反対している」

陽炎は、宇都宮藩家中の様子に眉をひそめた。

「では、於福丸の命を狙い、二荒忍びを刺客として放ったのは……」

「おそらく戸田家の者……」

陽炎は、眉間に厳しさを滲ませた。

於福丸は、命を狙っている敵の真っ直中に放り込まれた。

六歳の子供には辛い理不尽な話だ……。

「それで、此処にいる於福丸の家来は……」

「乳母のお幸さまと守役の大高主水正どの以下五名……」

「下屋敷に詰めていた戸田家の家臣は……」

「大高どのが追い出した」

「よく追い出せたな……」

左近は苦笑した。

「大高主水正どの。頑固一徹の忠義な年寄りだが、柳生流の手練れだ」

「五人か……」

於福丸を護るには少な過ぎる人数だ。

「それに我が秩父忍び、私を入れて八名だ」

陽炎は、誇らしさを微かに漂わせた。

「八人もいるのか……」

左近は、少なからず驚いた。

秩父忍びは、お館の秩父幻斎が死んだ後、残されたのは左近と陽炎だけだった。

「皆、私が育てた孤児だ」

「螢は薬師の久蔵の孫だ」

「螢もか……」

「久蔵の孫か……」

薬師の久蔵は、毒や痺れ薬を始めとした様々な薬を作る秩父忍びであり、鬼子母神裏の百姓家で暮らしていた事もあった。

「皆、若いな……」

「一番年嵩なのは二十歳の小平太……」

左近は、小平太の忍びとしての腕を思い浮かべた。

「若いのは十五歳の螢だ」

左近の睨み通り、螢は十五歳の少女だった。

秩父忍びは、陽炎以外は十五歳から二十歳までの若者だった。

死なすには若過ぎる……。

左近は、微かな哀れみを覚えた。

哀れみは、そうした若者を使わなければならない陽炎にも感じた。

「秩父忍び再興のためには止むを得ぬ……」

陽炎は、苦しげに告げた。

「誰だ……」

左近は、厳しさを滲ませた。

「誰……」

陽炎は、左近に怪訝(けげん)な眼差しを向けた。

「於福丸の警固に、そなたを雇ったのは誰なのだ」

「老中水野忠邦(みずのただくに)……」

陽炎は告げた。

「水野忠邦……」

左近は眉をひそめた。

陽炎は、老中水野忠邦に雇われ、於福丸の警固に就いたのだ。

水野忠邦は、幕府重職就任を望み、かって左近が闘った老中水野忠成(ただあきら)に取り入って出世栄達をし、老中になった野心家だった。

「そうか、水野忠邦か……」

「うん……」

陽炎は、僅かに目を輝かせた。

左近は、懸念を覚えずにはいられなかった。

「して、於福丸を護り抜いた暁には、どのような恩賞が約束されているのだ」

「秩父忍びを公儀御用とし、千両を与えると約束した。これが御墨付だ」

陽炎は、熊野誓紙に書かれた御墨付を出して見せた。

御墨付には、陽炎の云った事と水野忠邦の署名と花押が書き記されていた。

「どうだ……」

陽炎は、嬉しげに声を弾ませた。

御墨付など、いざとなればただの紙切れ……。

水野忠邦が、御墨付に書いた事を誠実に守るとは限らない。

約束に囚われていては、政など出来はしない……。

左近は、御墨付を信じる陽炎が甘く見えてならなかった。

所詮、老中水野忠邦は、陽炎が五分に渡り合える相手ではない。

「左近、お前が手を貸してくれれば、秩父忍びの再興は成就したも同然……」

陽炎は、喜びを滲ませた。

燭台に灯された火は揺れた。

月は青白く輝いていた。

左近は、下屋敷の大屋根に忍んで辺りの様子を窺った。

表門と裏門を始めとした下屋敷の周囲には、小平太たち若い秩父忍びが結界を張って警戒をしていた。

二荒忍びがどのような者たちか分からぬが、若い秩父忍びにはかなりの強敵の筈だ。

勝てるか……。

左近は、微かな不安を感じた。

不安は老中水野忠邦にも及んだ。

水野忠邦は、宇都宮藩家中に於福丸の養子に反対する者が多いのを知って陽炎たちを雇った。そうだとしたなら、水野は於福丸が命を狙われると知りながら、養子に送り込んだ事になる。

水野がそこまでするのは、何らかの理由があっての事なのだ。

そいつが何か……。

左近は思いを巡らせた。

「左近……」

螢が傍らに現れた。

「螢か……」

「力を貸してくれるそうだな」

「うむ……」

「ありがとう……」

螢は、嬉しげに笑って大屋根から立ち去った。

死なせてはならぬ……。

螢や小平太たち若い秩父忍びを、死なせてはならないのだ。

左近は、不意にそうした思いに駆られた。

夜風が吹き抜けた。


馬喰町の公事宿巴屋には、田舎から江戸に公事訴訟に出て来た者が大勢泊まっていた。

主の彦兵衛と下代の房吉や清次は、公事訴訟の訴状の作成や町奉行所への付き添いなどに忙しかった。

彦兵衛の姪のおりんは、婆やのお春(はる)や女中たちと台所仕事や客の世話をしていた。

「おりん、茶を貰おうか……」

訴状作りを終えた彦兵衛は、居間の長火鉢の前に座った。

「はい……」

おりんは、茶を淹れ始めた。

「叔父さん、左近さんは……」

「昨日、ようやく面倒な出入訴訟が終わったんだ。今日は来るかどうか……」

「そう。はい、どうぞ……」

おりんは、彦兵衛に湯気の立ち昇る茶を差し出した。

「うん……」

彦兵衛は茶を啜った。

「おりん、左近さんに何か用か……」

「いえ、別に……」

おりんは、台所に立ち去った。

「そうか……」

彦兵衛は、おりんを見送った。

「旦那、ただいま戻りました」

下代の房吉が、月番の北町奉行所から戻って来た。

「おう。ご苦労さん。で、どうだった」

「はい。公事はこっちの思惑通りに進みそうです」

「そいつは良かった」

彦兵衛は頷いた。

「ところで旦那、左近さんは……」

「来ちゃあいないが、どうかしたのかい」

「ええ。北の御番所で聞いたんですが、昨夜遅く波除稲荷の傍の稲荷橋で斬り合いがあったそうです」

房吉は囁いた。

「稲荷橋で……」

彦兵衛は眉をひそめた。

昨夜遅く、左近は馬喰町の巴屋から鉄砲洲波除稲荷裏の寮に帰った。その時、稲荷橋は通り道の一つである。

「ええ。浪人が三人斬られ、一人は片腕を斬り飛ばされていたとか……」

「左近さんの仕業（しわざ）かな……」

「腕を斬り飛ばすなんて、出来る奴は滅多にいません。違いますかね」

「うん。もしそうだとしたら、昨日裁きのついた出入訴訟に拘(かか)わりがあるのかな」

彦兵衛は首を捻った。

「かもしれませんね……」

房吉は頷いた。

「よし。鉄砲洲に行ってみるか……」

「はい」

彦兵衛は、房吉と鉄砲洲波除稲荷裏の寮に行く事にした。


宇都宮藩江戸下屋敷は、静けさに包まれていた。

陽炎は、左近を於福丸に引き合わせた。

六歳の於福丸は、乳母のお幸と守役の大高主水正に護られ、硬い面持ちでいた。

子供心に己の身の危険を感じている……。

左近は、於福丸が哀れに思えた。

「某(それがし)は於福丸さま守役、大高主水正。おぬしが日暮左近どのか……」

初老の大高主水正は、鋭い眼差しで左近を見つめた。

「はい……」

左近は、穏やかに大高を見返した。

「うむ。話は聞いたと思うが、於福丸さまはまだ六歳、某とお幸どのは、ただただ於福丸さまの御無事を願うばかり……」

乳母のお幸は、哀しげな面持ちで大高の言葉に頷いた。

「なにぶん宜しく頼む」

大高は、白髪混じりの頭を下げた。そして、お幸が続いた。

大高は、左近を信じた。いや、僅か四人の配下しかいない大高には、信じるしかないのかもしれない。

「心得ました」

左近は頷いた。

「さあ、於福丸さま……」

お幸は促した。

「うん。日暮左近、於福丸だ。よしなに頼むぞ」

於福丸は大声で告げて、あどけない笑顔を見せた。

「はい……」

左近は、於福丸につられるように微笑んだ。

於福丸の身辺には、大高主水正以下五名の家来が張り付いている。そして、下屋敷は小平太たち秩父忍びの者たちが結界を張り、敵の侵入を警戒していた。

「どうかな……」

大高主水正は、白髪混じりの鬢の解れ髪を風に揺らした。

「敵の様子がはっきりしない限り、これしかありますまい」

左近は、冷静に告げた。

「うむ……」

大高は頷いた。

「大高どのは旗本ですか……」

「左様。三百石取りでな、於福丸さまの守役になる以前は、大番組頭を務めており、六百石高だった」

大番組は老中の支配下にあり、平時は江戸城の警備に就き、戦闘時には将軍家本陣を護るのが役目の武官だ。

「ならば、気付いていると思うが、このままでは敵に鼻面を引きずり廻され、押し込められるばかり……」

「しかし、我らは於福丸さまを護るのが手一杯、仕掛ける事はなかなか出来ぬ」

大高は白髪眉をひそめた。

「大高どの、仕掛けるのは私一人で充分……」

「左近どの……」

大高は戸惑った。

「まずは宇都宮藩江戸上屋敷に探りを入れてみる」

左近は、事もなげに告げた。

「一人で大丈夫か……」

「闘う時はいつも一人だ……」

左近は、小さな笑みを浮かべた。


鉄砲洲波除稲荷の境内には、江戸湊からの風が吹き抜けていた。

彦兵衛と房吉は、稲荷橋に佇んで周囲を見廻した。

残されていた浪人の死体は片付けられ、血の痕はすでに消し去られていた。

亀島川と八丁堀の流れは陽差しに煌めき、空には鷗が煩いほどに鳴きながら飛び交っていた。

彦兵衛と房吉は、波除稲荷裏の寮の戸を叩いた。だが、左近の返事はなかった。

「旦那、勝手口の開け方は左近さんに聞いています」

房吉は、彦兵衛と勝手口に廻った。

寮の中は薄暗く、変わった様子はなかった。

部屋は涼やかであり、人がいた温もりや気配は感じられなかった。

「昨夜、帰って来なかったんですかね」

房吉は眉をひそめた。

「さあな……」

彦兵衛は、家の中を見廻した。

寮は、左近が暮らすようになってから一度火事に遭い、建て替えていた。それから数年が過ぎているが、家の中は建て替えた時のままだった。

家具や台所の道具も増えない……。

彦兵衛は、左近の暮らしの匂いのない家に眉をひそめた。

まるで旅人だ……。

左近は、旅の途中に立ち寄り、不意に出立して行く旅人なのだ。

彦兵衛は、淋しさを覚えた。

「旦那。左近さん、昨夜、蒲団を使っちゃあいませんね」

房吉が、寝間から出て来た。

「使っていない……」

「ええ。押し入れに入っていますが、畳んだのは随分前のようですね」

左近は、昨日までの出入物吟味で巴屋に泊まり込んでいた。昨夜、蒲団を出して敷いた形跡はないのだ。

「じゃあ昨夜、稲荷橋で斬り合い、そのまま何処かに行ったのかな……」

彦兵衛は、吐息を洩らした。


下谷七軒町の往来には大名旗本の屋敷が並び、人通りはなかった。

左近は、人通りのない下谷七軒町の往来に現れた。

宇都宮藩江戸上屋敷は、下谷七軒町の往来に面して表門があった。

左近は、宇都宮藩江戸上屋敷の様子を窺いながら往来を通り過ぎた。

表門は閉じられ、静寂に包まれていた。

宇都宮藩江戸上屋敷の向かい側には、蝦夷松前藩の江戸上屋敷があった。

左近は、松前藩江戸上屋敷脇の路地に入って地を蹴った。そして、土塀にあがって作事小屋の屋根に飛び、御殿の大屋根に忍んだ。

大屋根に忍んだ左近は、宇都宮藩江戸上屋敷を窺った。

宇都宮藩江戸上屋敷の各建物の屋根には忍びの者が潜み、結界を張り巡らしていた。

二荒忍び……。

宇都宮藩江戸上屋敷は、二荒忍びたちによって護られている。

左近の読み通りだった。

敵を確実に倒し、於福丸闇討ちを企てる者を始末する……。

左近は、松前藩江戸上屋敷の大屋根で日の暮れるのを待つ事にした。

三

夜は静かに訪れた。

宇都宮藩江戸上屋敷の庭には篝火が焚かれ、家臣たちが見廻りを始めた。

二荒忍びは暗がりに潜み、侵入者に備えている。

忍び装束に身を固めた左近は、松前藩江戸上屋敷の大屋根を蹴った。

左近は、黒い影となって夜空を飛び、宇都宮藩江戸上屋敷の表門の屋根に音もなく着地した。

表門は長屋門であり、暗がりに忍びの者が潜んでいた。

左近は闇を飛んだ。

忍びの者は、不意に迫った左近の気配に振り向いた。

刹那、左近は忍びの者の首筋に手刀を鋭く打ち込んだ。忍びの者は、気を失って崩れ落ちた。

左近は、五千坪以上に及ぶ宇都宮藩の江戸上屋敷内を窺った。

上屋敷内の各所に篝火が焚かれ、家臣たちが見張りと見廻りをしていた。

左近は、闇に連なる表御殿や奥御殿などの大屋根を透かし見た。

大屋根の物陰には、忍びの者たちが潜んでいた。

宇都宮藩江戸上屋敷は、侵入者に対する警戒を厳しくしている。

気付かれずに忍び込むのは無理だ。

忍び込むのが無理ならば、引き摺り出すまでだ……。

左近は、表御殿の大屋根に飛んだ。

幾つかの夜の闇が揺れ、忍びの者たちが左近の着地場所を目掛けて殺到した。

左近は、無明刀を抜きながら表御殿の大屋根に降り、殺到する忍びの者たちに閃光を走らせた。

無明斬刃……。

無明刀の閃きと共に血飛沫(ちしぶき)が飛んだ。忍びの者たちは、悲鳴もあげずに崩れ落ちた。

左近は、忍びの者たちを斬り伏せ、大屋根伝いに奥御殿に走ろうとした。

行く手の闇が激しく揺れ、手裏剣が左近に唸りをあげて飛来した。

左近は、咄嗟に斬り棄てた忍びの者の死体を起こして盾にした。

手裏剣は、忍びの者の死体に音を立てて次々と突き刺さった。

血が飛び、引き裂かれた肉が散った。

次の瞬間、手裏剣は微かな躊躇(ちゅうちょ)を見せて息をついた。

左近は、その隙を衝いて行く手の闇に走り、手裏剣を投げていた忍びの者を斬り棄てた。

忍びの殺し合いに情けは無用……。

左近は慎重に周辺を窺い、不意に飛び退(の)いた。

鋭い殺気が左近を襲った。

左近は、身を沈めて身構えた。

虎の顔の入った鉢金(はちがね)をした忍びの者が、異様な殺気を放ちながら闇に浮かんだ。

「秩父忍びか……」

左近に不気味な囁きが響いた。

左近は、構えを崩さずに頷いた。

「何しに参った……」

「二荒忍びの結界、どれほどのものか試しに来た」

左近は嘲りを過ぎらせた。

「己は……」

「日暮左近……」

左近は、静かに告げた。

「己が日暮左近か……」

虎の鉢金をした忍びの者は、左近の名を知っていたのか微かに怯んだ。

左近は嘲笑を滲ませた。

「二荒忍びの白虎(びゃっこ)……」

虎の鉢金をした忍びの者は、己を励ますように名乗った。

「二荒忍びの白虎……」

「そうだ」

白虎と名乗った二荒忍びは、五本の白刃で出来た鉤爪(かぎづめ)を右手に嵌(は)め、猛然と左近に突進した。

左近は、無明刀を青眼(せいがん)に構えた。

白虎は、五本鉤爪を白く輝かせて左近に飛び掛かった。

左近は、咄嗟に大屋根を蹴った。

刹那、白虎の五本鉤爪は白い残光を伸ばしながら左近に迫った。

左近は、真上に飛んで白虎の五本鉤爪から逃れ、落下しながら無明刀を一閃した。

白虎は左近を見上げ、五本鉤爪で無明刀を打ち払おうとした。だが、無明刀は閃光となって白虎の虎の鉢金に食い込んだ。

白虎は、激しい衝撃に大きく仰け反った。

虎の鉢金は二つに斬り割られ、白虎の額から飛んで落ちた。そして、白虎は仰向けに倒れ、苦しげに呻いた。
左近は、冷徹な眼差しで白虎を見下ろした。
新たな殺気が背後から襲って来た。
左近は飛んだ。
大屋根に黒い大きな人影が現れた。
新手の二荒忍びだった。
今夜はこれまでだ……。
左近は、大屋根を走って隣の旗本屋敷の屋根に飛んだ。
二人の二荒忍びが追った。
左近は、連なる武家屋敷の屋根を走った。
武家屋敷の向こうに浅草御蔵があり、大川の流れが見えた。
御厩河岸だ……。
左近は走った。
二人の二荒忍びは、必死に左近を追った。
左近は、蔵前の通りに飛び降り、浅草御蔵脇の御厩河岸に走った。
二人の二荒忍びは、御厩河岸に左近を追った。

御厩河岸の渡し場は暗く、左近の姿は消えていた。

二人の二荒忍びは、渡し場に左近の姿を捜した。

渡し場に繋がれた舟は、不安げに揺れていた。

二荒忍びの一人が、繋がれた舟に乗って調べようとした。

水の中から手が伸び、二荒忍びを大川に引き摺り込んだ。

左近は、大川に引き摺り込んだ二荒忍びの首の骨をへし折った。

残る二荒忍びは、慌てて逃げようとした。だが、大川から飛び出した左近が、逃げようとした二荒忍びを鋭く蹴り飛ばした。

水飛沫が飛び散り、二荒忍びは激しく倒れ込んだ。

左近は駆け寄り、倒れた二荒忍びを当て落とした。

二荒忍びは気を失った。

左近は、気を失った二荒忍びを担ぎあげて夜の闇に消え去った。

大川は月明かりに輝き、繋がれた舟は流れに揺れ続けた。

二荒忍びは、意識を取り戻した。

辺りは暗く、薬草と血の臭いが微かにした。

た。
二荒忍びは、手足を動かそうとして己が丸裸にされて縛られているのに気付い
夜目が利かない……。
二荒忍びは、夜目が利かず辺りが暗いのは、眼隠しをされているからだと知った。
二荒忍びは、恐怖に衝き上げられた。
次の瞬間、二荒忍びは口に竹の棒を咥えさせられた。
秩父忍び……。
二荒忍びは、御厩河岸の渡し場で秩父忍びに襲われたのを思い出した。義歯に
仕込んだ毒は呷れない……。
二荒忍びは、呻き声を震わせた。
「気が付いたか……」
左近は、二荒忍びに囁いた。
二荒忍びは、秩父忍びがすぐ傍にいるのに驚いた。
「宇都宮藩江戸上屋敷にいる二荒忍び、詳しく教えてもらおう……」
左近は冷たく告げた。
鬼子母神裏の百姓家は、虫の音に覆われていた。

宇都宮藩江戸下屋敷は、月明かりに甍を輝かせていた。

下屋敷地と辺りに異変はない……。

左近は見定め、下屋敷に入った。

小平太が傍に現れた。

「陽炎は……」

「お待ちかねだ」

小平太は、左近が一人で江戸上屋敷に行ったのに不満を抱いていた。

「一緒に来てくれ」

左近は、小平太を一瞥した。

燭台の明かりは、左近、陽炎、小平太の顔を仄かに照らした。

「二荒忍び、何か分かったか……」

陽炎は身を乗り出した。

「うむ。江戸上屋敷には、小頭の白虎と玄武に率いられた二荒忍びがいる」

「白虎と玄武……」

陽炎は眉をひそめた。

「白虎は五本鉤爪を使う……」

「五本鉤爪……」

陽炎は、口惜しげに顔を歪めた。

「脚に傷を負わせたのは白虎か……」

左近は睨んだ。

「ああ。五本鉤爪にやられた」

「玄武とはどんな奴だ」

小平太は意気込んだ。

「分からぬが、おそらく大男だ」

「おそらくだと……」

小平太は眉をひそめた。

「白虎を倒し、止(とど)めを刺そうとした時、現れた大男がおそらく玄武……」

左近は、闘いの顚末(てんまつ)と追って来た二荒忍びを責めて吐かせた事を教えた。

二荒忍びは、宇都宮藩総目付の黒木帯刀(くろきたてわき)に江戸に呼ばれた。

二荒忍びの総帥(そうすい)・二荒幻心斎(げんしんさい)は、配下の白虎と玄武を江戸に向かわせた。白虎と玄武は、下忍たちを率いて宇都宮藩江戸上屋敷に駆け付けた。

「二荒幻心斎か……」

陽炎は、緊張を浮かべた。

「下忍どもは何人いるのだ」

小平太は尋ねた。

「白虎と玄武が十人ずつ率いて来たそうだ」

「ならば二十人か……」

「今夜、六人倒した。残るは十四人だ」

「一人で六人……」

小平太は、驚いたように左近を見つめた。

「白虎と玄武を入れて十六人……」

陽炎は、残る二荒忍びの人数を数えて微かな安堵を過ぎらせた。

「陽炎、白虎と玄武となると、後に青龍と朱雀が控えているのに相違ないだろう」

左近は、白虎と玄武が風水の四神だと読み、そう判断した。

「青龍と朱雀か……」

「そして、総帥の二荒幻心斎。辛く厳しい闘いになる」

左近は、陽炎を見据えた。

「左近、何が云いたい……」

陽炎は、左近に厳しい視線を向けた。

「手を引くのなら早い方が良い」

左近は、陽炎に静かに告げた。

「左近……」

陽炎は、声を引き攣らせた。

「手が引けぬのなら、せめて螢や年端の行かぬ者たちを秩父に帰してはどうだ」

左近は告げた。

「そ、それは……」

陽炎は狼狽えた。

「螢たちを死なせてはならぬ……」

左近は、厳しさを過ぎらせた。

陽炎は、苦しげに顔を歪めた。

「左近どの、螢たちは戻らぬ」

小平太は、苛立ちを見せた。

「小平太……」

「何です……」

「二荒忍びは、お前たちの敵う相手ではない」

左近は冷徹に告げた。

「ですが、俺たちは誓ったんです」

「誓った……」

左近は戸惑った。

「左様。陽炎さまの役に立つんだと、皆で誓ったんです。誓って江戸に来たんだ」

小平太は、怒ったように云い放った。

「皆殺しになってもか……」

左近は、小平太を見据えた。

「誓った時、命は棄てた……」

小平太は、左近を睨みつけた。

「そうか……」

小平太たちは陽炎を慕っており、その決意は固い。

左近は知った。

「左近、私一人ではどうにもならぬのだ……」

陽炎は、辛さを滲ませた。

「小平太、年嵩の者を四人呼べ」

「俺も入れてか……」

「ああ。陽炎、下屋敷の警戒は私と小平太たち四人がする。お前と螢たち残る四人は、於福丸に張り付いてくれ」

「分かった。小平太、左近の云う通りにするのだ」

左近は指示した。

陽炎は、小平太に命じた。

「はい……」

小平太は頷いた。

「よし。ならば小平太、残る三人を大屋根に急ぎ集めろ」

「心得た」

小平太は、陽炎の部屋から出て行った。

「ではな……」

左近は、陽炎を一瞥して小平太に続こうとした。

「左近……」

陽炎は、左近を呼び止めた。

「何だ……」

「私とて、螢や小平太たちを死なせたくはない……」

陽炎の眼に涙が滲んだ。

「分かっている……」

左近は、頷いて立ち去った。

燭台の明かりが瞬き、壁に映る陽炎の影が揺れた。


大屋根は闇に包まれていた。

左近は、秩父忍びの三人の若者を見廻した。

「次郎丸が十九歳、猿若と烏坊は十八歳。皆、秩父忍び縁の者たちだ」

小平太は、背の高い次郎丸、小柄な猿若、色黒で坊主頭の烏坊を紹介した。

左近は、秩父忍びの時の記憶が定かではなく、次郎丸たちの縁の者に心当たりはなかった。

「そうか、日暮左近だ。今夜から私の指図に従ってもらう。良いな」

「はい……」

次郎丸、猿若、烏坊は、緊張を浮かべ喉を鳴らして頷いた。

「西の表門は小平太、東の裏門は次郎丸、南は猿若、北は烏坊。それぞれ見張りに就き、不審な者が現れたら手出しをせず、私に報せるのだ」

「手出しをせずにか……」

小平太は、不満を滲ませた。

「そうだ。死にたくなければな……」

左近は、小平太を冷たく一瞥した。

小平太は言葉を失い、次郎丸、猿若、烏坊は緊張に顔を強張(こわば)らせて頷いた。

左近は、微かに吹き抜ける風を窺った。

風は北から南に吹き抜けていた。

「今夜、二荒忍びが来るとしたらおそらく南からだ。猿若、くれぐれも油断するな」

「は、はい……」

猿若は戸惑った。

「何故だ。何故、南から来る」

小平太は眉をひそめた。

「風がそう云っている」

「風が……」

小平太たちは困惑した。

「ああ。風は北から南に吹いている。獣は気配の悟られぬ風下から忍び寄る」

左近は教えた。

「分かりました」

猿若は納得し、南の闇に素早く飛び去った。

「よし。お前たちも持ち場に就け……」

左近は命じた。

「はい……」

小平太、次郎丸、烏坊は、それぞれの持ち場に散った。

陽炎が、手塩に掛けて育てて来た若者たちを死なす訳にはいかぬ……。

左近は、大屋根に佇んで南の闇を見据えた。

半刻が過ぎ、東の空が微かに白み始めた。

夜明けだ……。

武家屋敷の表門が開けられ、中間や下男が掃除などの仕事を始めた。そして、内藤新宿の宿を早立ちする旅人や問屋場の喧噪が微かに聞こえ始めた。

二荒忍びの報復の襲撃はない……。

左近は見定めた。


馬喰町の往来は賑わっていた。

公事宿『巴屋』の婆やのお春は、隣の煙草屋の隠居や裏に住む妾稼業の女とお喋りに花を咲かしていた。

「お春さん、旦那はいるか」

「ああ、いるよ。それでね……」

お春は、背後を通った左近に返事をし、隠居たちとのお喋りを賑やかに続けた。

左近は、公事宿巴屋の暖簾を潜った。

「どうぞ……」

おりんは、左近と彦兵衛に茶を差し出した。

左近は、おりんに軽く頭を下げて茶を飲み、語り終えた喉を潤した。

「それにしても、将軍家の若さまが跡継ぎの養子とは、宇都宮藩もたまりませんね」

彦兵衛は、眉をひそめて茶を啜った。

「でも、そんな養子ならお家は安泰。良かったじゃありませんか」

おりんは茶を飲んだ。

「さあて、そいつが曲者(くせもの)でな。これで宇都宮藩は、将軍家と公儀のお偉いさんの思いのまま。煮るなり焼くなり、好き勝手だよ」

彦兵衛は笑った。

「そうか……」

おりんは眉をひそめた。

「で、左近さん、於福丸さまの宇都宮藩戸田家御養子の件、何方(どなた)が推し進めているのですか……」

「老中水野忠邦だそうだ」

「なるほどねえ……」

彦兵衛は苦笑した。

「何かあるのですか……」

「ええ。宇都宮藩の殿さま戸田忠温さまは、若いながらも切れ者として名高く、末は老中首座と専らの噂。水野さまにとっては、己の座を脅かす邪魔者とか……」

彦兵衛は、嘲りを滲ませて茶を啜った。

「水野忠邦と戸田忠温、そのような因縁があるのですか……」

左近は、水野忠邦と戸田忠温が政敵だったと知った。

四

老中水野忠邦は、政敵戸田忠温を押さえるため、将軍家斉を動かして於福丸の養子先を宇都宮藩に決めた。

左近はそう読んだ。

「それにしても左近さん、面倒な一件に拘わりましたね」

「仕方がありません」

左近は苦笑した。

「陽炎さんですか……」

おりんは、微かな口惜しさを過ぎらせた。

「それ以上に、秩父忍びの若者たちを死なせたくはない」

左近は、静かに告げた。

「いずれにしろ左近さん、私も詳しく調べてみますよ」

彦兵衛は、おりんを一瞥して話を戻した。

「宜しく頼みます」

左近は頭を下げた。

お春の賑やかな笑い声が、巴屋の表から聞こえた。

お春は、煙草屋の隠居たち近所の者と無駄話をしながら、巴屋を窺う不審者を見張っているのだ。それは、出入訴訟に負けて巴屋を恨む者に対する備えともいえた。

左近は、温（ぬる）くなった茶を飲み干した。

宇都宮藩江戸上屋敷は静けさに満ちていた。

「日暮左近か……」

宇都宮藩総目付の黒木帯刀は、二荒忍びの玄武に厳しい眼差しを向けた。

「はい……」

玄武は、大柄な五体を低くして黒木を見上げた。

黒木帯刀は、主の戸田忠温から於福丸の一件のすべてを任されていた。

「それで、白虎は如何致した」

「額は、断ち斬られた虎の鉢金で辛うじて護られましたが、今は己の名も何者なのかも忘れて眠り続けております」

「その事、二荒の幻心斎どのに報せたのか……」

「お館さまの許には、昨夜の内に配下の者を走らせました。黒木さま、日暮左近とは何者でしょう」

「おそらく秩父忍びであろうが、今までに聞いた事のない名だ」

「そうですか……」

「しかし、二荒忍びを蹴散らし、白虎を打ち据えたのは事実。恐ろしき手練れだ」

黒木は眉をひそめた。

「はい」

玄武は頷いた。

「いずれにしろ玄武。下屋敷の於福丸さまを一刻も早く始末するのだ」

黒木は厳しく命じた。

「心得ました」

玄武は頷いた。

「我が宇都宮藩、決して水野忠邦の餌食(えじき)にはならぬ」

黒木は、水野忠邦に対する憎しみを露(あら)わにした。


千駄ケ谷の宇都宮藩江戸下屋敷には、緊張が張り詰めていた。

左近は、微かに吹き抜けている夕暮れの風を読んだ。

夕暮れの風は東から西に吹き抜け、表門前の畑の緑を微かに揺らしていた。

二荒忍びが襲撃して来るなら風下の西、表門からだ……。

左近は読み、表門前の畑に忍んだ。

宇都宮藩江戸下屋敷と畑の間を抜ける道は、甲州街道から渋谷(しぶや)に抜けている。

夕暮れの道には、武士や百姓を始めとした様々な人々が行き交っていた。

左近は、風を読みながら忍び続けた。

夕陽は沈み、空は薄暮の青黒さに覆われて夜になった。

夜風は東から西に微かに吹き続けた。

獣は、風下から己の気配を消してやって来る……。

小平太は、左近の言葉を思い出して表門のある西の闇を見張った。

表門の闇が不意に歪(ゆが)んだ。

来た……。

小平太は、緊張を漲(みなぎ)らせて歪んだ闇を見つめた。

歪んだ闇から二荒忍びが現れた。

二荒忍び……。

小平太は、微かに狼狽えた。

次の瞬間、二荒忍びは小平太に迫った。

小平太は、恐怖に衝き上げられて立ち竦んだ。

二荒忍びの忍び刀が、不気味な青白さを放って小平太に迫った。

刹那、二荒忍びの首が斬り飛ばされた。

小平太は、呆然と眼を見開いた。

首は夜空に飛び、胴体が棒のように倒れて大屋根を転がった。

左近が、切っ先から血の滴る無明刀を手にしていた。

「小平太……」

「は、はい……」

小平太は我に返った。

「死にたくなければ闘え」

左近は厳しく一瞥した。

「はい」

小平太は、慌てて身構えた。

闇から殺気が殺到した。

「飛べ……」

左近は夜空に飛んだ。小平太が慌てて続いた。

幾つもの手裏剣が、二人のいた処を斬り裂いて飛び抜けた。

左近は、大屋根に着地して手裏剣の放たれた闇に猛然と走った。

小平太は必死に続いた。

三人の二荒忍びが闇から現れた。
左近は構わず走り、無明刀を閃かせて駆け抜けた。
二人の二荒忍びが、一太刀で喉元を斬られて崩れ落ちた。
残った一人の二荒忍びは怯んだ。
小平太は、猛然と斬り掛かった。
二荒忍びは斬り結んだ。
火花が散り、焦げた臭いが漂った。
拙い……。
忍び同士の闘いは、剣客の斬り合いではない。
左近は、微かな苛立ちを覚えた。
小平太は焦った。そして、斬り結びながら二荒忍びの脇腹に苦無を叩き込んだ。
二荒忍びは、苦しげに呻いて倒れた。小平太は、肩で大きく息をついた。
「それで良い。生き残るのに手立てを選ぶな。このまま持ち場を護れ」
「はい」
小平太は頷いた。
左近は、大屋根を走って奥御殿の暗い庭に飛んだ。

二荒忍びの標的は於福丸の命……。

表からの攻撃は囮であり、護りを引き付けて裏から標的を襲う。

左近は、暗い奥庭に飛び降りて走った。

奥庭には殺気が渦巻き、闘いの気配が溢れていた。

左近は急いだ。

二荒忍びの玄武は、大高の配下の斬り付けた刀を腕に巻いた鉄の手甲で受け、手鉾で殴り飛ばした。大高の配下は、血反吐を吐いて崩れた。

「於福丸は何処だ……」

玄武は、残る大高の配下に笑顔で尋ねた。

陽炎は、螢たち三人の秩父忍びと共に玄武に手裏剣を放った。

玄武は、顔を鉄の手甲をした両腕で隠し、身体を晒した。陽炎たちの手裏剣は、玄武の身体に集中された。だが、手裏剣は弾き返された。

陽炎たちは驚き、怯んだ。

玄武は嘲笑を浮かべ、胸元から鋼を編んで作った帷子を覗かせた。

まるで甲羅に隠れた亀だ……。

螢たちは怯んだ。

陽炎は脚を引き摺り、怯んだ螢たちを庇(かば)うように玄武に斬り掛かった。

玄武は、手鉾を上段から振り下ろした。

手鉾は輝きを引いて、陽炎を襲った。

陽炎は、咄嗟に転がって躱した。

玄武は、転がった陽炎に手鉾を叩き付けた。陽炎は、叩き付けられる手鉾を転がって躱し続けた。玄武は、楽しげな笑みを浮かべて転がる陽炎を追った。

大高の配下が現れ、玄武の背に猛然と斬り付けた。甲高い金属音が鳴り、配下の刀が二つに折れて飛んだ。

大高の配下は怯んだ。

玄武は、振り返り態(ざま)に手鉾を振った。手鉾は配下の顔を斬り砕いた。配下は血を振り撒いて弾き飛ばされた。

陽炎は、必死に立ち上がろうとした。

玄武は、陽炎を跨(また)ぐように立って手鉾を上段に振り翳した。

「陽炎さま……」

螢が悲痛に叫んだ。

刹那、陽炎は跨がる玄武に忍び刀を突き上げた。

玄武は、跳ね上がって飛び退いた。
血が飛び散っていた。
玄武の股下は無防備だった。
陽炎の忍び刀は、玄武の無防備な股下を突き刺したのだ。
玄武は、痛みと怒りに顔を歪めた。
「陽炎さま……」
螢たち三人の秩父忍びの若者が、陽炎を助け起こした。
「おのれ……」
玄武は、手鉾を構えて、陽炎と螢たちに迫った。
陽炎たちは後退した。
玄武は、忍び装束の股下を血に染め、手鉾を斬り下ろした。
陽炎は、螢たちを庇って伏せた。
手鉾は唸りをあげて陽炎たちの頭上を飛び抜け、奥御殿の板壁を打ち砕いた。
玄武は、手鉾を素早く引いて二の太刀を放とうとした。
鋭い殺気が玄武を襲った。
玄武は、咄嗟に振り返った。

刹那、夜空から左近が玄武の頭上に飛び降りた。

左近の無明刀が煌めいた。

玄武は怯み、両腕の鉄の手甲で躱そうとした。だが、左近は許さなかった。

無明刀は煌めきを放ち、玄武の両腕の鉄の手甲の隙間から首の血脈を刎ね斬った。

玄武は、驚きに眼を見張った。

次の瞬間、玄武の首から血が霧のように噴きあげた。

左近は、玄武の呆然とした顔に無明刀を容赦なく叩き込んだ。

玄武は、眉間に無明刀を突き刺されて棒立ちになった。

左近は、無明刀を突き刺したまま冷たい眼で玄武の様子を窺った。無明刀に玄武の体重が掛かった。

死んだ……。

左近は、玄武の顔から無明刀を引き抜いた。

玄武は、棒のように背後に倒れた。

「大丈夫か……」

左近は、陽炎と螢たちを心配した。

「ああ……」

「ならば陽炎、於福丸さまを……」

「うん。螢……」

「はい」

陽炎は、螢を従えて奥御殿の奥に走った。

「お前たちは此処を護れ」

「はい……」

少年の面影を残した二人の秩父忍びは、恐怖と畏敬の念の混じった眼で左近を見つめて頷いた。

左近は、玄武の死体を担ぎ上げて奥庭から出て行った。

宇都宮藩江戸下屋敷に静けさが戻った。

闘いは終わった……。

小平太は、己の気配を消して奥御殿の闇を見つめた。

万一、左近や陽炎が倒されたなら、二荒忍びは小平太にも襲い掛かって来る筈だ。だが、その気配はなかった。

小平太は吐息を洩らし、表門の向こうに広がる闇を見つめた。
生き残るのに手立てを選ぶな……。
左近の声が蘇った。
小平太は喉を鳴らした。
忍びの者は、己の力だけで生き抜かなければならない。
小平太は、左近の恐ろしさを思い知った。
背後に人の気配がした。
小平太は、素早く己の気配を消した。
「俺だ……」
左近が闇から現れた。
「二荒忍びは……」
小平太は声を嗄らした。
「倒した」
左近は、西の闇を見廻した。
表門の外の畑に不審なところはない……。
二荒忍びを倒した……。

左近は見定めた。

「小平太、次郎丸たちを呼べ」

「はい」

小平太は、指笛を短く吹き鳴らした。

南から猿若、東から次郎丸、北から烏坊が緊張した面持ちでやって来た。

「どうやら異変はなかったようだな」

左近は、三人を見廻した。

次郎丸、猿若、烏坊は頷いた。

「持ち場を離れず、良く護った」

左近は、次郎丸たちを労（ねぎら）った。

「忍びは、親兄弟を殺されても、忍び続けなければならない時がある」

左近は淡々と告げた。

次郎丸たちは喉を鳴らした。

「それで二荒忍び、片付けたのですか……」

猿若は声を弾ませた。

「うむ。襲って来た二荒忍びは、小頭の玄武と配下の者共だ」

「玄武……」

「鋼を編んだ帷子と鉄の手甲。まるで甲羅で身を護る亀……」

「そのような者をどうやって……」

烏坊は眉をひそめた。

「どのような防具にも繋ぎ目や隙間は必ずある。陽炎が玄武の股を斬り、私が首の血脈を断った。つまり、護りの手薄な処を狙えば良いだけだ」

左近は、若い秩父忍びたちに教えた。

「そうか……」

猿若と烏坊は感心した。

「よし。二荒忍び、今夜はもう現れまい。見張りは俺がする。お前たちは二荒忍びの死体を片付けて休むが良い」

左近は命じた。

「見張りなら俺が……」

小平太は躊躇った。

「小平太、休める時に休んでおくのも忍びだ。行け」

「はい……」

小平太たちは、二荒忍びの死体を担いで大屋根から立ち去った。

左近は、大屋根に忍んだ。

四半刻(しはんとき)(三十分)が過ぎた。

大屋根に陽炎が現れた。

「左近……」

「此処だ……」

左近は隠形(おんぎょう)を解いた。

陽炎は、左近の傍にやって来た。

「どうした」

「於福丸さまは、ようやくお休みになられた」

「そうか。して、大高どのの手の者は……」

「二人、斃(たお)された」

「残るは大高どの以下三人か……」

「ああ。また手薄になった」

陽炎は眉をひそめた。

「忍び同士の殺し合い。所詮、武士には荷が重い」

左近は、冷徹に闇を見つめた。

「左近……」

「陽炎、小平太たちは皆、良く働いた」

「うん……」

「だが、二荒忍びとの殺し合いは益々激しくなる……」

「何事も秩父忍び再興のためだ。それは小平太たちもよく知っているし、覚悟も出来ている」

「だが、陽炎……」

「私とて、小平太や螢たちを死なせたくはない……」

陽炎は、左近を遮った。そして、声に涙を滲ませ、小さな肩を震わせた。

左近は、陽炎の震える小さな肩を抱いた。

陽炎は、左近に縋って嗚咽を洩らした。

左近に言葉はなかった。

陽炎の小さなか細い身体には、秩父忍びとしての様々な想いが詰まっている。

左近は、秩父忍びとして生き抜こうとしている陽炎に、健気さと愛おしさを覚えた。

夜の闇は一段と深くなった。

宇都宮藩総目付黒木帯刀は、二荒忍びから玄武の死を報された。

「そうか。玄武が斃されたか……」

「はい」

「斃したのは日暮左近か……」

「はい」

二荒忍びは、口惜しげに頷いた。

「分かった」

「では……」

二荒忍びは立ち去った。

黒木は、微かな嘲りを浮かべた。そして、用部屋を出て奥御殿に向かった。

燭台の明かりは、黒木帯刀の顔を仄かに照らしていた。

「日暮左近、噂以上の男だな……」

男は燭台の明かりの届かない闇に座り、黒木の報せを受けた。

「はい。白虎に続いて玄武も斃すとは、かなりの手練れにございます」

黒木は冷静な睨みを見せた。

「うむ。日暮左近、残る者共も容易に始末は叶わぬであろう」

男は読んだ。

「おそらく……」

黒木は、微かな笑みを過ぎらせた。

陽炎は立ち去った。

闇は続いた。

左近は、玄武たち二荒忍びの攻撃に微かな違和感を覚えていた。

人数も少なく、余りにも手応えのない攻撃だった。

それは、於福丸を護衛する大高たちと秩父忍びを甘く見たからなのか、それとも……。

左近は思いを巡らせ、様々な場合を想定した。そして、一つの疑惑に思い当たった。

その疑惑は、左近に静かな怒りを呼んだ。だが、疑惑が本当かどうかは分からない。

探ってみるしかない……。

左近は決めた。

東の空は僅かに明るくなった。

夜明けだ……。

五

宇都宮藩江戸上屋敷から家臣が出て来た。

「出て来ましたぜ」

松前藩江戸上屋敷の中間頭は、中間部屋の窓を覗きながら告げた。

左近は、中間頭に並んで窓の外を覗いた。

「奴が黒木帯刀か……」

「へい……」

中間頭は頷いた。

宇都宮藩江戸上屋敷から出て来た家臣は、総目付の黒木帯刀だった。

「世話になったな……」

左近は、中間頭に小粒を握らせて松前藩江戸上屋敷の中間部屋を出た。

黒木帯刀は、供も連れずに向柳原(むこうやなぎわら)の通りに出た。そして、三味線堀(しゃみせんぼり)の堀端を抜けて神田川に向かった。

左近は追った。

神田川に架かる新(あたら)シ橋(ばし)を渡った黒木は、日本橋に進んだ。そして、日本橋から通りを南に急いだ。

何処に行く……。

左近は、日本橋の通りの賑わいの中に黒木を追った。

黒木は、時々尾行を警戒しながら進んだ。

左近は、慎重に尾行した。

黒木は、京橋(きょうばし)を抜けて汐留川(しおどめがわ)に架かる芝口橋(しばぐちばし)を渡り、橋の袂にある船着場に降りた。

左近は、芝口橋の上から見守った。

黒木は船着場に佇んだ。

舟が来るのを待っている……。

左近は睨んだ。
黒木は、船着場で舟が来るのを待っているのだ。
いずれにしろ舟だ……。
左近は、辺りを見廻した。
黒木の佇む船着場の反対側に船宿があった。
左近は船宿に走った。
黒木は、船着場に佇み続けた。
汐留川の上流から屋根船がやって来た。
黒木は、屋根船に気付いて辺りを見廻した。
汐留橋を含め、周囲に不審な者はいなかった。
黒木は、屋根船が船着場に着くのを待った。
屋根船は船着場に船縁(ふなべり)を寄せた。障子が中から僅かに開けられた。
黒木は、障子の内の人物を見定め、屋根船に乗った。そして、障子の内に入った。
船頭は、屋根船を下流に進めた。
「船頭……」

左近は、船宿の船頭を促した。

「へい」

船頭は、左近を乗せた猪牙舟(ちょきぶね)を船宿の船着場から漕ぎ出した。

黒木を乗せた屋根船は、下流の汐留橋に向かっていた。

左近の乗った猪牙舟は追った。

黒木は、誰と逢っているのだ……。

左近は、黒木の逢っている相手が誰か知りたかった。だが、屋根船の障子は閉められ、中を窺う事は出来なかった。

追うしかない……。

左近は、微かな苛立ちを覚えた。

汐留川は、汐留橋の手前で三十間堀(さんじっけんぼり)と二手に分かれている。屋根船は北に曲がり、三十間堀に進んだ。

黒木は誰と逢い、どのような話をしているのか……。

左近は焦った。

黒木を乗せた屋根船は、三十間堀を木挽橋(こびきばし)にゆっくりと向かっていた。

三十間堀を抜けた屋根船は、真福寺橋(しんぷくじばし)を潜(くぐ)って京橋川に出た。京橋川を横切って真っ直ぐ進めば楓川（もみじがわ）になり、東に曲がれば八丁堀になる。

黒木の乗った屋根船は、東に曲がって八丁堀に入った。

左近の乗った猪牙舟は続いた。

八丁堀には、中ノ橋と稲荷橋が架かっている。その稲荷橋の南詰に鉄砲洲波除稲荷があり、左近の住む寮がある。

屋根船は、稲荷橋を潜って江戸湊に出た。

左近は気付いた。

黒木たちの乗る屋根船は、何処かに行くのではなく、密談をする場所として使われているのだ。

誰と何を密談しているのか……。

江戸湊に出た屋根船は、本湊町（ほんみなとちょう）の岸辺沿いを進んだ。

左近は、無明刀を腰から外して着物を脱ぎ、下帯一本になった。

「船頭、このまま屋根船を追って来てくれ」

「合点だ」

船頭は、威勢良く返事をした。

左近は海に飛び込み、泳いで屋根船を追った。

屋根船は本湊町の岸辺を進んだ。

左近は、船頭の死角になる船縁に顔を出した。そして、屋根船の障子の内を窺った。

微かな声が、障子の内から聞こえた。

左近は耳を澄ませた。

「それで於福丸、如何致しましょうか……」

「黒木どの、亡き者にはいつでも出来る。それまで使えるだけ使う……」

「なるほど、使える道具は壊れるまで使って棄てますか……」

黒木の嘲笑混じりの声がした。

於福丸は、〝使える道具〟……。

宇都宮藩総目付の黒木帯刀は、将軍家から養子に迎えた於福丸を〝使える道具〟と見ている。

どういう意味なのだ……。

於福丸は、宇都宮藩にとっては邪魔者でしかない筈だ。それが、〝使える道具〟とはどういう意味なのだ。

裏がある……。

左近の勘が囁いた。

いずれにしろ僅か六歳の幼い於福丸は、道具呼ばわりされている。

左近は、黒木たちに怒りを覚えると共に於福丸を哀れんだ。

屋根船は、本湊町の岸辺から佃島への渡し場傍の掘割に入った。

これまでだ……。

左近は、屋根船から離れて猪牙舟に戻った。

黒木たちの乗った屋根船は、掘割を進んで西本願寺の傍に出た。そして、本願寺橋を潜り、三ノ橋から仙台橋を抜けて濱御殿脇に進んだ。そこは汐留川の下流だった。

左近の乗った猪牙舟は追った。

屋根船は汐留川を遡り、汐留橋を潜って芝口橋の船着場に船縁を寄せた。屋根船は築地鉄砲洲を一廻りして元の船着場に戻った。

黒木は船着場に降り、屋根船は尚も進んだ。

「このまま屋根船を追ってくれ」

左近は、黒木が宇都宮藩江戸上屋敷に帰ると読み、残る一人の正体を突き止める事にした。

猪牙舟は、船着場の前を進んで屋根船を追った。

黒木は船着場に佇み、去って行く屋根船を見送っていた。

屋根船は、芝口橋の隣の難波橋の船着場に船縁を寄せた。

中年の武士が、屋根船から船着場に降りた。

「造作を掛けたな。釣りは無用だ」

左近は、船頭に一朱金を渡した。

「こいつはありがてえ」

一朱金は十六分の一両だ。

船頭は、嬉しげに一朱金を握り締めた。

中年の武士は、船着場から汐留川沿いの道にあがり、東海道に向かっていた。

左近は、猪牙舟の船底を蹴って船着場に飛んだ。

中年の武士は、東海道を進んだ。

左近は追った。中年の武士は、芝口、芝神明町、浜松町を通って金杉橋から金杉道に入った。

袖ケ浦の潮の香りが漂い始める。

中年の武士は、芝田町二丁目にある稲荷堂の辻を曲がって三田に向かった。

行き先は近い……。

左近の勘が囁いた。

芝三田には大名屋敷が多い。

中年の武士は、甍を連ねている大名屋敷の一つに向かった。

大名屋敷は表門を開けており、門番は中年の武士を慇懃に迎えた。

中年の武士は小さく頷き、大名屋敷内に入っていった。

左近は見届けた。

中年の武士は大名家の家臣……。

左近は、何処の大名の屋敷かを調べた。

左近は驚いた。

中年の武士の入った大名屋敷は、遠江国浜松藩江戸中屋敷だった。

左近は、微かな吐息を洩らした。

遠江国浜松藩の藩主は、老中水野越前守忠邦なのだ。

宇都宮藩総目付の黒木帯刀は、敵対している浜松藩水野家の家臣と密かに逢っていたのだ。

どういう事なのだ……。

黒木帯刀は、老中水野忠邦の間者なのかもしれない。

左近が、密かに抱いた疑惑は膨らんだ。


大名家の江戸中屋敷は、本邸である上屋敷とは違って下屋敷同様に別荘的な役割があり、詰めている家臣も少なかった。

左近は、警備の手薄な浜松藩江戸中屋敷に忍び込んだ。

浜松藩江戸中屋敷の屋根裏は、暗く埃に満ちていた。

左近は、表御殿の屋根裏に忍んで闇を見据えた。

闇には潜んでいる者の気配もなく、不審なところはなかった。

左近は屋根裏を動き、屋根船で聞いた中年の武士の声を探した。

聞き覚えのある男の声が微かにした。

左近は、梁を伝って声のした部屋の上に移動した。そして、梁に逆さにぶら下がり、天井板に小さな穴を開けて覗いた。

小さな穴から座敷が見えた。

座敷には、中年の武士が白髪の隠居風の老武士と対座していた。

左近は忍んだ。

「それで於福丸、まだ無事なのだな……」

白髪の老武士は、歳に似合わない鋭い眼差しで中年の武士を見据えた。

「はい。秩父忍びに新たな手練れが現れ、二荒忍びの者どもを斃したそうにございます」

中年の武士は苦笑を滲ませた。

「ならば宗方(むなかた)、事は長引くかな……」

「御隠居さま、おそらく二荒忍びの総帥二荒幻心斎は、既に新手の忍びの者たちを江戸に向かわせた筈。御懸念には及びますまい」

宗方と呼ばれた中年の武士は、小さな嘲笑を過ぎらせた。

「それなら良いが。如何に我が子に関心のない上様でも、長引けば御不審を抱かれるは必定(ひつじょう)。宗方、一刻も早く事を絵図通りに始末するのだな」

白髪の隠居は、宗方に厳しく命じた。

「ははっ……」

宗方は平伏した。

左近は、梁の上に戻った。

宗方と隠居は、浜松藩の何者なのだ。そして、於福丸を使った絵図とは何なのだ。

隠居は、宗方の様子から見て藩主水野忠邦の一族の者に違いない。

微かな風が吹き抜け、埃は闇に渦巻いた。

いずれにしろ長居は無用だ……。

左近は、浜松藩江戸中屋敷の屋根裏から引き上げた。


江戸から宇都宮藩までは二十七里(約一〇六キロ)、日光二荒山までは三十余里。

忍びの者にとって遠い道程ではない。

二荒忍びの青龍は、江戸下谷七軒町の宇都宮藩江戸上屋敷に現れた。

青龍は、己を失って呆然としている白虎を見舞った。だが、白虎は虚ろな眼で青龍を見つめるだけだった。

それが、剽悍な白虎の末路だった。

情けない……。

青龍は、腹立たしさを覚えずにはいられなかった。そして、玄武が斃されたのを知った。

「斃したのは、やはり日暮左近という秩父忍びか……」

青龍は、配下の忍びの者に尋ねた。

「はい……」

忍びの者は頷いた。

「おのれ……」

青龍は、その眼に青白い炎を燃え上がらせた。

浜松藩江戸中屋敷にいる宗方は、先手物頭の宗方兵庫であり、隠居は藩主忠邦の叔父の水野忠春だった。

「ならば左近、宇都宮藩総目付の黒木帯刀は、水野家家臣の宗方兵庫と通じているのか……」

陽炎は眉をひそめた。

「きっとな。そして、宗方兵庫の背後には水野忠春が控えており、於福丸を道具にした何かを企てている……」

「於福丸さまを道具にした企て……」

「ああ。陽炎、於福丸の戸田家養子の裏には、何かが潜んでいる……」

左近は睨んだ。

「ならば左近、於福丸さまのお命を狙っているのは、戸田家の者共だけではないと申すか」

「ひょっとしたら水野忠邦もな……」

左近は、厳しい睨みを見せた。

「まさか……」

陽炎は戸惑った。

水野忠邦は、戸田家の者共から於福丸を護るため、陽炎たち秩父忍びを雇った筈なのだ。

命を狙っているのなら雇う必要はない……。

「違うか左近……」

「陽炎、水野は秩父忍びを捨て駒と思っているのかもしれぬ」

左近は眉をひそめた。

「捨て駒……」

陽炎は困惑した。

「左様。於福丸を護って闘ったという証のための捨て駒。水野は秩父忍びをその程度にしか見ていない」

「左近……」

陽炎は、声を震わせて左近を睨みつけた。

「陽炎、秩父忍びは於福丸警固に失敗するのを望まれているのだ。そうでなければ、女と若者ばかりの忍びを雇う筈はない」

左近は冷たく告げた。

陽炎は、呆然と言葉を失った。

「陽炎、それでも闘うか……」

「左近、私は闘う。小平太や螢たちを秩父に帰し、一人になっても闘い抜いてみせる。闘い抜いて、秩父忍びの覚悟と矜持(きょうじ)を見せてやる」

陽炎は、口惜しさに震えた。

「分かった」

「左近……」

「俺も闘おう……」

左近は、小さな笑みを浮かべた。

二荒忍びの青龍は、白虎と玄武の配下を集めて己の組下に入れた。

宇都宮藩総目付の黒木帯刀は、青龍を用部屋に呼んだ。だが、青龍は黒木の用部屋を訪れなかった。

「おのれ、下郎の分際で……」

黒木は、忌々しげに呟いた。

刹那、背後を寒気が襲った。

黒木は、振り返って凍てついた。

青龍が佇んでいた。

「二荒の下郎だが、何か用か……」

青龍は、不気味な笑みを浮かべた。

「拙者は総目付の黒木帯刀だ……」

黒木は、驚きに喉を引き攣らせた。

「二荒忍びの青龍……」

青龍は、黒木を冷たく見据えた。

「青龍、狙うは下屋敷にいる於福丸さまのお命。一刻も早く貰い受けろ」

黒木は命じた。

「おぬしに指図される謂れはない」

「なに……」

「俺は二荒忍び、総帥の幻心斎さまの指図しか聞かぬ」

「青龍……」

黒木は、怒りを過ぎらせた。

「心配無用。幻心斎さまの指図、おぬしと同じだ」

青龍は、冷たく告げた。

黒木は言葉を失った。

「ではな……」

青龍は、用部屋から悠然と出て行った。

黒木は、見送るしかなかった。

宇都宮藩江戸下屋敷は、秩父忍びの小平太たちによって護られていた。

左近は、大屋根から小平太たちの見張りを確かめた。

小平太、次郎丸、猿若、烏坊は、左近の言い付け通りに潜み、見張っていた。

陽炎たちは、於福丸の身辺の護りに就いていた。

「左近……」

螢が大屋根に現れた。

「何だ……」

「大高さまが逢いたいそうだ」

「分かった」

左近は、螢と共に大屋根を降りた。

奥庭には木洩れ日が揺れていた。

大高主水正は、庭先で木洩れ日を眩しげに眺めていた。

「用か……」

左近は、大高の隣に並んだ。

「二荒忍び、今夜も来るかな」

「おそらく……」

「二荒忍びの二人の小頭が斃れてもか……」

「忍びは、最後の一人になるまで、闘う」

「皆殺しになってもか……」

「使命を果たさなければ、その忍びの一族は滅びるだけだ」

左近は淡々と告げた。

「そうか……」

「二荒忍びには、おそらく新たな小頭が来た筈だ」

「その者が襲って来るか……」

大高は、吐息を洩らした。

「大高どの、於福丸養子の裏には、何があるのだ」

左近は、不意に切り込んだ。

大高は、微かな狼狽を過ぎらせた。

何か知っている……。

左近は、大高主水正を静かに見つめた。

木洩れ日が煌めいた。

刹那、大高は抜き打ちの一刀を放った。

六

抜き打ちの一刀は、閃光となって左近を襲った。

左近は、上体を僅かに反らして躱した。

大高の一刀は、年寄りの抜き打ちとは思えぬ鋭さだった。躱した左近は、素早く大高主水正に身を寄せ、刀を握る手を押さえた。

大高は怯んだ。

「大高どの、おぬしも柳生流の使い手ならば、何が無駄かは知っている筈だ」

左近は、大高の刀を握る手を放し、間合いの外に飛び退いた。

大高は、油断のない左近を見て刀を鞘に戻した。

「何を知っている……」

大高は、左近に探る眼差しを向けた。

「水野忠春、於福丸を道具にして何事かを企んでいる」

「水野忠春……」

大高は眉をひそめた。

「左様。水野忠春、水野家家中で御隠居と呼ばれている忠邦の叔父だ」

「そうか、水野忠春が潜んでいたか……」

大高は、微かな吐息を洩らした。

「抜き打ちの一刀、それに拘わりがあるのか……」

左近は睨んだ。

「水野忠邦さまは、於福丸さまの守役と警固に某と旗本御家人の部屋住みを呼んだ。しかし、警固するには少な過ぎる人数。我らは於福丸さまと共に斬り死にするのが役目……」

大高は、自分たちの役目を厳しく見据えた。

「大高どの……」

「おぬしにそれを見破られたと思った」

「それで、抜き打ちの一刀か……」

「左様……」

大高は苦笑した。

左近は、苦笑に隠された大高の怒りと哀しさを知った。

大高主水正たちは、秩父忍びと同じ捨て駒に過ぎないのだ。

「水野忠邦さまは、宇都宮藩江戸下屋敷で於福丸さまと我らを死なせ、戸田家を改易し、宇都宮藩を取り潰して領地を没収し、幕府のものにしようとしている……」

大高は読んだ。

「そうした絵図を描いたのが水野忠春……」

左近は睨んだ。

「おそらく……」

大高は頷いた。

水野忠邦は、政敵である戸田忠温追い落としの絵図を叔父の忠春に描かせた。

於福丸養子の裏には、宇都宮藩戸田家取り潰しの陰謀が隠されている。

それが大高の睨みだった。

果たしてそれだけなのか……。

左近は、大高の睨みに違和感を覚えた。だが、その違和感が何かははっきりしなかった。

とにかく、それだけではない……。

左近の勘は囁いた。


夜が訪れ、宇都宮藩江戸下屋敷は闇に包まれた。

左近は大屋根に潜み、闇を透かし見た。

小平太、次郎丸、猿若、烏坊は、それぞれの持ち場で見張りを続けた。

陽炎と螢たちは、大高主水正たちと於福丸の護りに就いていた。

夜は更け、子(ね)の刻九ツ(午前零時)になった。
微かに吹いていた風が止まった。
二荒忍びが来る……。
左近の勘が囁いた。
だが、何処からだ……。
風が止まり、予測は厳しくなった。
西の表門か東の裏門、それとも北か南。
何処から来る……。
左近は微かに焦った。
次の瞬間、左近は大屋根を蹴って夜空に飛び、四方に鋭い殺気を放った。
南の闇が揺れた。
左近は見逃さなかった。
二荒忍びは、南の土塀を乗り越えて襲って来る。
左近は南に走った。
南には猿若が見張りに就いていた。
左近は並んだ。

猿若は戸惑った。
左近は、土塀の外に連なっている旗本屋敷を見据えた。
闇は揺れ続け、人影が浮かんだ。
左近は見定めた。そして、猿若に闇に浮かんだ数人の人影を示した。
猿若は、数人の人影に気付いて息を呑んだ。
「二荒忍びだ……」
左近は教えた。
猿若は、喉を鳴らして頷いた。
左近は、二荒忍びが近付くのを待った。
猿若は、緊張に震える手で手裏剣を握り締めた。
二荒忍びは、下屋敷の土塀を蹴って大屋根に飛んだ。
「放て」
左近は猿若に命じた。
猿若は、手裏剣を次々と放った。
猿若の手裏剣は、飛んでいた二荒忍びたちに突き刺さった。
手裏剣を射られた二荒忍びたちは、大屋根に届かずに地面に叩き付けられた。

大屋根に着いた二荒忍びたちは、微かに怯んだ。

左近は闇を蹴った。

二荒忍びたちは、激しい殺気に慌てて身構えた。

闇から飛び降りてきた左近が、無明刀を真っ向から斬り下げた。二荒忍びが額を斬られ、血を振り撒いて倒れた。

左近は、残る二荒忍びに迫った。

二荒忍びは、猛然と攻撃を開始した。

無明刀が闇に閃いた。

左近は、二荒忍びの首の血脈を一太刀で刎ね斬った。二荒忍びは次々と斃れた。

多勢の敵との闘いは、最小の力で斃して五体の力を温存する。

左近は、己の身を護るのに容赦はなかった。

二荒忍びは斃した。

左近は、於福丸のいる奥御殿の気配を窺った。

奥御殿に異常は感じられなかった。しかし、西と東、そして北の夜空に殺気があがった。

二荒忍びの総攻撃だ……。

左近には、怯えも昂ぶりもなかった。

総攻撃……。

左近は、総攻撃の裏に隠された企てに気付いた。そして、奥御殿の屋根に走った。

陽炎は、大屋根での闘いに気付き、螢を於福丸の身辺を護っている大高主水正の許に走らせた。そして、配下の少年忍びと奥御殿に侵入する者を警戒した。

大高主水正は、螢から二荒忍びの襲撃を報され、配下の武士と共に於福丸の護りを固めた。於福丸は、乳母のお幸にしがみついて恐怖に耐えていた。

地鳴りのような不気味な音が、奥御殿の天井裏で鳴り出した。

大高と二人の配下の武士は、激しい緊張に襲われた。

於福丸は、啜り泣き始めた。

天井裏の不気味な音は、於福丸のいる奥座敷に近付いて来た。

大高は、天井を見据えて刀の鯉口を切った。

配下の武士が、天井裏の不気味な音に向かって槍を構えた。途端に鎖竜蛇(さりゅうだ)の分銅が、天井板を破って飛来し、槍を構えた配下の武士の顔面を打ち砕いた。配下の武士は、顔を血塗(ちまみ)れにして昏倒(こんとう)した。

天井板が砕け散り、二荒忍びの青龍が座敷に飛び降りて来た。

残る警固の武士が、猛然と青龍に斬り掛かった。青龍は、鎖竜蛇を放った。

鎖竜蛇は鎖を伸ばし、警固の武士の首に巻き付いた。

警固の武士は、苦しさに顔を激しく歪めてもがいた。

青龍は嘲笑を浮かべ、鎖竜蛇の鎖を左右に振った。

警固の武士は、左右に激しく振り廻された。

青龍は、警固の武士を捕らえた獲物のように弄(もてあそ)んだ。警固の武士は、首の骨を折られて絶命し、襤褸布(ぼろきれ)のように放り出された。

於福丸は、恐怖に泣き叫んだ。

大高は、泣き叫ぶ於福丸とお幸を連れて次の間に逃れた。

青龍は、追って次の間に入ろうとした。

刹那、左近が天井板を破って青龍の前に飛び降りた。

青龍は、咄嗟に鎖竜蛇を放った。鎖が伸び、分銅は唸りをあげた。

左近は、転がって鎖竜蛇を躱した。

青龍は、不気味な笑みを浮かべた。

「日暮左近か……」

左近は頷いた。

「二荒忍び、青龍……」
青龍は、誇らしげに名乗った。
左近は苦笑した。
陽炎が、螢たちと駆け付けて来た。
「手出し無用。於福丸を……」
左近は、陽炎たちを制して命じた。
陽炎は頷き、螢たちを従えて於福丸のいる次の間に向かった。
「無駄な事だ……」
青龍は嘲笑し、左近に鎖竜蛇を放った。
鎖竜蛇の分銅は唸りを上げ、左近が盾にした畳に当たった。
左近は、畳を跳ね上げた。
畳は抉られ、埃と藁を散らせた。
青龍は、鎖竜蛇を引いて再び放った。
鎖竜蛇の分銅は、抉られた畳を破った。
左近は、体を開いて躱し、腰を沈めて無明刀を斬り下ろした。
畳を破った鎖竜蛇の鎖が両断され、分銅は飛び抜けて白壁にめり込んだ。

無明刀の恐ろしいほどの切れ味だった。
青龍は戸惑った。
左近は、畳を蹴り飛ばした。
畳は青龍に向かって飛んだ。
青龍は飛び退いた。
畳は青龍の手前に落ちて倒れた。
刹那、倒れた畳の陰から左近が飛び出した。
青龍は狼狽えた。
無明斬刃。
剣は瞬速……。
左近は、無明刀を横薙ぎに一閃した。
青龍の首が血飛沫を引いて飛び、奥庭に転がった。
左近は、木偶人形のように突っ立っている青龍の首のない身体を蹴倒し、縁側にでた。
庭には、狼狽えた面持ちの青龍の首が転がっていた。
「左近……」

陽炎は、螢たちと左近に駆け寄った。

青龍の首は青い光を散らした。

「伏せろ……」

左近は、陽炎たちに命じた。

陽炎と螢たちは伏せた。

次の瞬間、青龍の首は青い閃光に包まれて爆発した。

青い煙が夜空の闇にうねりながら昇った。

まるで青い龍のように……。

青龍は、闘いで斃せぬ敵に対し、最期に己を爆発させて道連れにする忍びだった。

左近は、二荒忍びの青龍を斃した。

大屋根は静けさを取り戻していた。

左近は、大屋根に上がった。

小平太、次郎丸、猿若、烏坊が集まった。

「無事か……」

「次郎丸と猿若が手傷を負った」

小平太が告げた。

「浅手だ、心配要らぬ」

次郎丸は、強気に云い放った。

「俺もだ……」

猿若が続いた。

二荒忍びは、四方から襲い掛かって来た。小平太たちは必死に闘った。そして、奥庭で爆発が起こり、夜空に青い煙が昇ったのを見て一斉に引き上げた。

青い煙には、青龍の死と引き上げを伝える役目もあった。

「それで敵は……」

烏坊は身を乗り出した。

「青龍という二荒忍びだ」

「青龍……」

「ああ。己の髪に仕掛けた火薬を爆発させて、敵わなかった敵を道連れにする忍びだ」

「じゃあ、あの青い煙……」

小平太は事態を読んだ。

「うむ。青龍は斃した」

小平太、次郎丸、猿若、烏坊は、顔を見合わせて喉を鳴らした。

二荒忍びの白虎、玄武、青龍は斃した。だが、まだ朱雀と総帥の二荒幻心斎がいる。

どうする……。

左近は、思いを巡らせた。そして、企てを実行に移す潮時だと知った。

「口ほどにもない……」

黒木帯刀は、青龍の死を吐き棄てた。

最早、二荒忍びを当てには出来ぬ……。

黒木は、江戸下屋敷に乗り込み、於福丸の命を自ら取る決意を固めた。

千駄ケ谷の宇都宮藩江戸下屋敷は、表門を閉じて静けさに包まれていた。

宇都宮藩総目付の黒木帯刀は、配下の者共を率いて下屋敷を訪れた。しかし、下屋敷には於福丸を始め、大高主水正や乳母のお幸の誰もいなかった。

於福丸たちは、江戸下屋敷から姿を消した。

黒木は驚き、狼狽えた。

残された下男と小者は、朝には誰もいなくなっていたと告げた。

「おのれ……」

黒木は、出し抜かれたのを知り、配下の者たちに屋敷内の探索を命じた。

行き先の手掛かりが残されていないか……。

配下の者たちは、奥御殿を中心に手掛かりを探した。だが、於福丸たちの行き先を教える物は何も残されていなかった。

黒木は、焦りを覚えずにはいられなかった。

将軍家から養子に来た於福丸が、江戸下屋敷から姿を消した。

その結果がどうなるのかは、予測もつかない……。

黒木は、微かな恐怖を覚えた。

とにかく捜すしかない……。

黒木は、配下の者たちを探索に当たらせて下屋敷を出た。


畑の緑は風に揺れていた。

宇都宮藩江戸下屋敷の表門から黒木が現れ、甲州街道に向かった。

手拭で頬被りをした二人の大工が、道具箱を担いで現れて黒木を追った。

黒木を追った二人の大工は、小平太と烏坊だった。

日暮左近は、小平太と烏坊に上屋敷にいる黒木帯刀を見張らせた。黒木は、配下の武士を従えて千駄ケ谷の下屋敷に来た。小平太と烏坊は、下屋敷を見張った。そして、四半刻が過ぎた頃、黒木は固い面持ちで下屋敷から出て来たのだ。

小平太と烏坊は、黒木を再び尾行した。

甲州街道に出た黒木は、四谷大木戸に進んで青山原宿町に向かった。

下谷七軒町の上屋敷に戻らないのか……。

小平太と烏坊は、前後に入れ替わりながら黒木を慎重に尾行した。

三田の浜松藩江戸中屋敷は表門を閉じていた。

弥次郎兵衛売りの若い行商人が、長閑な売り声をあげて中屋敷の門前を通り抜けた。

若い浪人が、向かい側の町家の路地に潜んでいた。

「どうだ……」

弥次郎兵衛売りに声を掛けた若い浪人は、秩父忍びの次郎丸だった。

「隠居の水野忠春と宗方兵庫、いるかどうか良く分からないな……」

眉をひそめた弥次郎兵衛売りは、やはり秩父忍びの猿若だった。

「そうか……」

次郎丸は、閉められた表門を見つめた。

左近は、小平太と烏坊に黒木帯刀を見張らせると共に、次郎丸と猿若に浜松藩江戸中屋敷を見張らせた。

「左近さまならどうするのかな……」

猿若は首を捻った。

「どうするかなあ……」

猿若と次郎丸は、いつの間にか左近の遣り方を学び始めていた。

刻が過ぎた。

見覚えのある武士が、浜松藩江戸中屋敷にやって来た。

次郎丸と猿若は、素早く路地に潜んだ。

見覚えのある武士は、宇都宮藩総目付の黒木帯刀だった。

黒木は、潜り戸を叩いた。そして、中間によって開けられた潜り戸を潜った。

中間は、辺りを窺って潜り戸を閉めた。

「黒木帯刀だ……」

次郎丸は眉をひそめた。

「うん。次郎丸……」

猿若は、黒木を追って来た小平太と烏坊に気が付いた。

「小平太、烏坊……」

猿若は、小平太と烏坊を呼んだ。

小平太と烏坊は、次郎丸と猿若に気付いて駆け寄った。

黒木帯刀は、浜松藩江戸中屋敷を訪れた。

「そうか……」

小平太と烏坊は知った。

「やはり、左近さまの云った通り、黒木は水野と通じているんだ」

次郎丸は読んだ。

「どうする……」

「忍び込むしかあるまい……」

次郎丸は小平太に告げた。

「駄目だ」

猿若は慌てた。

「左近さまは、見張るだけだと云ったぞ」

「猿若、黒木が何しに来たのか突き止めなければ、見張りの甲斐もないぞ」

次郎丸は笑った。

「でも……」

「どうする、小平太」

次郎丸は、猿若を遮った。

「いいだろう」

小平太は頷き、大工の道具箱の蓋を開けた。

道具箱には忍び刀や忍び道具が入っていた。

「小平太……」

「猿若、俺と次郎丸が忍び込む。お前は烏坊と此処で待っていろ」

小平太は、手早く仕度を整えた。

「小平太、次郎丸……」

猿若は困惑した。

「行くぞ」

小平太と次郎丸は、浜松藩江戸中屋敷の裏手に走った。

猿若と烏坊は、見送るしかなかった。

七

小平太と次郎丸は、大屋根から天井裏に忍び込んだ。

天井裏は暗く、柱と梁などが縦横に組み合わされていた。

小平太と次郎丸は、暗がりを透かし見ながら天井裏を進んだ。

「次郎丸……」

小平太は、天井から差し込んでいる極細の光に気付いた。

「天井板に穴が開いているのか……」

次郎丸は眉をひそめた。

「きっと左近さまが開けた穴だ……」

小平太は、梁伝いに進んで天井板の穴の上に逆さにぶらさがった。そして、光の洩れているごく小さな穴を覗いた。

ごく小さな穴の下には座敷が見えた。そして、座敷には黒木帯刀と宗方兵庫がいた。

黒木はいた……。

小平太は、次郎丸に頷いて見せた。

次郎丸は頷き、梁に逆さにぶら下がって天井板に耳を近づけた。

「それで黒木どの、於福丸さまたちが何処に行ったかは……」

宗方の戸惑った声がした。

「今のところ、皆目……」

黒木は、苦渋に満ちた声を洩らした。

「おのれ。二荒忍びは何をしているのだ」

宗方は苛立った。

「昨夜遅く、青龍が配下を率いて下屋敷に斬り込んだが、日暮左近に斃された」

「ならば、於福丸の失踪も……」

「うむ。日暮左近が絡んでいるとみて相違あるまい……」

黒木は頷いた。

「おのれ……」

「今、配下の者共が行方を追っているが、秩父忍びからの報せ、何もありませんか……」

「ない……」

宗方は顔を歪めた。

水野忠春に命じられて秩父忍びの陽炎たちを雇ったのは、先手物頭の宗方兵庫だった。

「そうですか……」

黒木は、宗方を冷たく一瞥した。

宗方兵庫は、飼い犬を甘く見て手を噛まれた……。

黒木は、密かに嘲笑った。

小平太と次郎丸は、黒木と宗方の密談を聞き取った。

龕灯(がんどう)の明かりが、小平太と次郎丸に飛来した。

小平太と次郎丸は、咄嗟に躱して梁の上に潜んだ。

浜松藩の家来たちが、龕灯を手にして現れた。

「退け……」

小平太と次郎丸は、忍び口に向かって梁の上を走った。

「曲者だ」

龕灯の明かりが、家来たちの怒声と共に小平太と次郎丸を追った。

小平太と次郎丸は必死に走った。そして、忍び口から大屋根に飛び出した。

庭先で待ち構えていた家来たちが、一斉に半弓の矢を射た。

半弓の矢は、唸りをあげて小平太と次郎丸に襲い掛かった。

小平太と次郎丸は、宙に飛んで躱そうと大屋根を蹴った。

刹那、一本の矢が次郎丸の太股に突き刺さった。次郎丸は短い声をあげ、大屋根に叩き付けられた。

「次郎丸……」

小平太は狼狽えた。

「逃げろ、小平太」

次郎丸は、太股に突き刺さった矢を引き抜き、必死に立ち上がろうとした。だが、太股の矢傷から血が溢れ、膝が崩れた。

小平太は次郎丸を助け起こし、肩を貸して逃げようとした。

「止めろ。俺に構わず、逃げてくれ」

次郎丸は、小平太を突き飛ばした。

「駄目だ。次郎丸……」

家来たちが大屋根に現れ、小平太と次郎丸に迫った。

「小平太、陽炎さまを頼む……」

次郎丸は、泣き笑いの顔で忍び刀を抜き払った。

「次郎丸……」

小平太は、一緒に闘う覚悟を決めた。だが、その肩に半弓の矢が突き刺さり、矢羽根を小刻みに震わせた。

「逃げろ」

次郎丸は脚を引き摺り、雄叫びをあげて迫る家来たちに斬り込んだ。

小平太は諦めた。そして、庭先で半弓を構える家来たちに手裏剣を投げ、大屋根から大きく飛んだ。

背後で斬り結ぶ刃音が鳴り、次郎丸の絶叫が響いた。

次郎丸……。

小平太は、思わず眼を瞑った。

小平太は、浜松藩江戸中屋敷の土塀の外に転がり降りた。

「小平太……」

猿若と烏坊は、肩に矢を突き立てて倒れている小平太に駆け寄った。

「逃げろ」

小平太は、激痛に激しく顔を歪めた。

「次郎丸は……」

小平太は、哀しげに首を横に振った。

「まさか……」

猿若と烏坊は、驚きに言葉を失った。

「いたぞ」

浜松藩の家来たちが、猛然と駆け寄って来た。

「撒き菱だ……」

猿若と烏坊は、駆け寄ってくる家来たちに撒き菱を投げ付け、小平太を連れて逃げた。

家来たちは、撒き菱に足を刺されて怯んだ。

猿若と烏坊は、小平太を連れて必死に逃げた。

江戸湊は陽差しに煌めいていた。

鉄砲洲波除稲荷の境内は、潮騒と潮の香りに覆われていた。

於福丸闇討ちの裏に潜んでいるのは、戸田忠温の失脚と宇都宮藩の取り潰しだけなのか……。

左近は、煌めく江戸湊を見つめた。

もし、それだけなら何故、水野忠春は陽炎たちを雇ったのだ。陽炎たち秩父忍びがいなければ、二荒忍びの於福丸闇討ちは速やかに終わった筈だ。だが、水野忠春は秩父忍びを雇った。雇った理由を強いてあげれば、将軍家や幕閣たちに於福丸を護ったという証のためだ。

だが、それだけではない筈だ……。

左近の考えは、また元に戻った。

これで何度目になるのだ……。

左近は、江戸湊を眩しげに眺めた。

「左近……」

小女姿の螢が境内に現れた。

「どうした……」

「小平太と次郎丸が……」

螢は声を震わせた。
公事宿『巴屋』の寮の上には、鷗が鳴きながら飛び交っていた。
左近は見据えた。
鷗は、いつもと同じように鳴きながら飛び交っている。
左近は見定めた。
鷗がいつも通りなのは、寮の屋根や周囲に異常がない証だ。
左近は、螢と寮に急いだ。
公事宿巴屋の寮の居間では、陽炎が小平太の肩の傷の手当てをしていた。
小平太は、満面に汗を滲ませて懸命に激痛に耐えていた。
猿若と烏坊が、哀しげな面持ちで小平太の傍にいた。
「どうした」
左近は、小平太の枕元に座った。
「左近さま……」
小平太は、懸命に身を起こそうとした。
「そのままでいい……」
左近は制した。

「はい……」

「次郎丸は死んだか……」

左近は静かに尋ねた。

「はい……」

小平太は、哀しげに顔を歪めた。

「仔細を聞かせてもらおう」

「左近さま、小平太と俺は、言いつけ通りに宇都宮藩の上屋敷を見張りました。そうしたら黒木たちが出て来て……」

烏坊は、小平太と共に黒木たちを追ってからの顚末を話した。

「そして、浜松藩中屋敷の前で次郎丸や猿若と一緒になり……」

烏坊は言葉を濁した。

「小平太と次郎丸は、浜松藩の中屋敷に忍び込んだのか……」

左近は読んだ。

「はい。そして、浜松藩の家来共に見つかって……」

小平太は、口惜しげに項垂(うなだ)れた。

「次郎丸は死んだか……」

「俺を逃がして……」

小平太は涙ぐんだ。

猿若、烏坊、螢は啜り泣いた。

次郎丸は小平太を逃がし、浜松藩の家来と闘って滅びていった。

「忍び込んで何が分かった」

左近は、冷たく小平太を見据えた。

「黒木と浜松藩の宗方兵庫が、於福丸さまの行方が分からないと……」

「それだけか……」

「はい……」

「次郎丸、無駄に死んだな……」

左近は、冷たく云い放った。

その程度の事は、忍び込まなくても知れている事なのだ。

小平太は、悄然と項垂れた。

「左近……」

陽炎は慌てた。

小平太は、次郎丸の死に負い目を感じ、自分を責めている。

左近の言葉は正しい。だが、今の小平太には酷なだけだ。事実から眼を背けてはならぬ。

「次郎丸は無駄死にした。それは隠しようもない事実だ。事実から眼を背けてはならぬ」

忍びの者が現実から眼を逸らし、己に都合の良い誤魔化しをすれば、死を招くだけなのだ。

死んではならぬ……。

左近には、躊躇いも容赦もなかった。

「小平太。忍びの道は修羅の道。次郎丸の死を無駄死ににしたくなければ考えろ。どうすれば無駄にならぬかをな……」

左近は座を立った。

小平太の眼から涙が零れた。

猿若、烏坊、螢は啜り泣いた。

陽炎は、零れそうになる涙を懸命に堪えた。

次郎丸は死んだ……。

江戸湊は煌めいた。

左近は、眩しげに眼を細めて眺めた。

所詮、為政者の水野忠邦と戸田忠温の醜い権力争いだ。最も許せないのは、幼い於福丸を道具にした絵図を描いた水野忠春なのだ。もう、充分過ぎるほどに血は流れ、人の命は散った。

最早、於福丸戸田家養子入りの裏に潜んでいるものが何であろうが、どうでも良いのだ。左近は、江戸湊の煌めきを見つめた。

次郎丸の死を無駄にしてはならぬ……。

陽炎のためにも、もう秩父忍びの若者を死なせてはならない。

幕を下ろす潮時だ……。

左近は決めた。

鷗は鳴きながら飛び廻り、吹き抜ける海風は左近の鬢の解れ髪を揺らした。

「於福丸、まこと姿を消したか……」

闇の奥にいた男は、平伏している黒木帯刀に尋ねた。

「はい。相違ございませぬ」

「その行方、浜松藩も摑んではおらぬのだな」

闇の奥から現れた男は、宇都宮藩主戸田忠温だった。

「はい。宗方兵庫に聞いた限りは……」

黒木は頷いた。

水野忠邦にしても、於福丸失踪を騒ぎ立てれば、己の老中としての器量と真相を問われる事態になる。

戸田忠温は、水野忠邦は騒ぎ立てないと睨んだ。

「ならば黒木。企て通り、余が側室綾乃（あやの）の子鶴松（つるまつ）を於福丸と成し、乳母のお幸や守役の大高主水正と共に千駄ケ谷の下屋敷に入れろ」

戸田忠温は、薄笑いを浮かべて命じた。

「お幸と大高主水正にございますか」

黒木は戸惑った。

「既に日光二荒山から来ている」

「日光二荒山、左様にございますか……」

「うむ。そして、宗方兵庫に於福丸が無事に下屋敷に戻ったと伝えろ」

戸田忠温は、冷たい笑みを滲ませた。

黒木帯刀は、間者として浜松藩先手物頭の宗方兵庫に近づいていたのだ。

「心得ました……」

黒木は平伏した。

戸田忠温は、於福丸を密かに始末し、己の側室の産んだ鶴松を身代わりにしようと企てた。己の庶子の鶴松を於福丸として家督を継がせれば、家中の不満は抑えられる。そして、正妻に嫡男が生まれれば、いつでも交代させられるのだ。

水野忠邦と忠春、出し抜いてくれる……。

戸田忠温は、その眼に怜悧な炎を燃やした。

行燈の仄かな明かりは、大高主水正の苦渋に満ちた顔を照らしていた。

「於福丸さまを出家させろと申すのか……」

「左様。このまま宇都宮藩戸田家の家督を継いだとしても、その行く末は決して明るいものではない」

左近は、大高を見据えて告げた。

大高は眉をひそめた。

「如何に将軍家血筋と申しても、今は権力の亡者共に翻弄される道具に過ぎず、いつかは無残に棄てられる」

左近は、於福丸の行く末を冷静に読んだ。

「棄てられる前に俗世間と縁を切り、密かに出家するか……」

「それが、幼い於福丸さまに出来る将軍家や水野忠邦たちに対する唯一の抗い……」

「一寸の虫にも五分の魂か……」

大高は、小さな苦笑を浮かべた。

「如何にも……」

左近は、微かな嘲りを過ぎらせた。

行燈の仄かな明かりは、油がなくなったのか音を鳴らして小刻みに瞬いた。


宇都宮藩江戸下屋敷には不気味な静けさが漂っていた。

左近は、畑に潜んで下屋敷を見据えた。

下屋敷には、忍びの結界は張られていない。だが、左近は不気味な静けさが気になった。

竹籠を背負った百姓の若者が、下屋敷の裏手から出て来た。

猿若だ……。

猿若は、門前の道を立ち去り、大きく迂回(うかい)して左近の潜む畑にやって来た。

「左近さま……」

猿若は、顔を上気させて声を嗄らした。

「何があった」

「はい。於福丸さまがいるそうです」

「なに……」

左近は眉をひそめた。

「下男に聞いたんですが、於福丸さま、乳母のお幸さまや大高さまと、お戻りになったそうです」

猿若は、緊張した面持ちで報せた。

「於福丸が、お幸や大高どのとな……」

左近は冷たく笑った。

猿若は戸惑った。

「猿若、もう下屋敷には近づくな」

左近は、苦笑しながら命じた。

「左近さま……」

「於福丸は贋者(にせもの)。そして、大高どのとお幸は、おそらく二荒忍びの総帥二荒幻心斎と朱雀だ」

左近は見抜いた。

下屋敷に漂っていた不気味な静けさは、二荒幻心斎と朱雀の醸(かも)し出すものだった。

「じゃあ、宇都宮藩は……」

「うむ。最初から於福丸を殺し、贋者を据える気だったのだろう」

左近は、戸田忠温の冷徹さを知った。

猿若は、眉をひそめて微かに身震いした。

「猿若、権力は人を血迷わせる」

左近は、冷たい笑みを過ぎらせた。

畑の緑は、吹き抜ける風に波のように大きくうねった。

三田の浜松藩江戸中屋敷は、赤い夕陽に染まっていた。

「なに……」

水野忠春は、平伏する宗方兵庫を険しい眼で見据えた。

「於福丸が、乳母のお幸、守役の大高主水正と共に宇都宮藩の下屋敷に戻ったと申すか……」

「はっ。ただいま、黒木帯刀が密かに報せて参りました」

「そうか、戻ったか……」

忠春は、微かな戸惑いを覚えた。

「はい……」

「宗方、秩父忍びはどうした」

「黒木は何も申しておりませんでしたが、おそらく一緒かと……」

宗方は、微かに狼狽えた。

「宗方……」

忠春は、宗方を厳しく見据えた。

「はっ……」

「下屋敷に戻った於福丸を、調べてみるのだ」

「心得ました。ならば、これにて……」

宗方は、忠春に平伏して座敷から退出した。

座敷は、いつの間にか夕暮れの青黒さに沈んでいた。

逢魔が時だ。

忠春は、不意に微かな戦慄を感じた。

刹那、左近が天井から忠春の背後に音もなく飛び降りた。

忠春は、思わず振り向いた。

左近は、冷たい笑みを浮かべて忠春の首に無明刀を横薙ぎに閃かせた。

忠春は喉元を斬られ、息の洩れる音を鳴らして血を振り撒いた。そして、呆然とした面持ちで項垂れた。

水野忠春は死んだ。

それは、幼い於福丸を道具にした陰謀の絵図を描いた報いだった。

左近は、忠春の死を見届けて天井に飛んだ。

忠春は、夕暮れの座敷に項垂れたまま座り続けた。

逢魔が時は過ぎ、訪れた夜の闇は忠春の死体を包んでいた。

八

宇都宮藩江戸下屋敷の奥座敷には、黒木帯刀が白髪の老武士と向かい合っていた。

「して、於福丸と秩父忍びの行方、突き止めたのか……」

黒木は、白髪の老武士に尋ねた。

「それには及ばぬ……」

「幻心斎どの……」

黒木は戸惑った。

白髪の老武士は、二荒忍びの総帥の二荒幻心斎だった。

「秩父忍び、己の方から必ずやってくる」

幻心斎は、秩父忍びの動きを読んだ。

黒木は、思わず奥座敷を見廻した。

奥座敷は、燭台の明かりに照らされているだけだった。

「相違あるまいな……」

「うむ。日暮左近なる秩父忍び、噂や評判を調べれば調べるほど、間違いない」

幻心斎は、左近を調べていた。

「お館さま……」

廊下から女の声がした。

「入れ……」

打ち掛けを纏った女が入って来た。

「朱雀、鶴松は寝たか」

「はい……」

打ち掛けを纏った朱雀は頷いた。

「幻心斎どの、鶴松さまではない、於福丸さまだ。そして、おぬしたちは守役の大高主水正と乳母のお幸だ」

黒木は眉をひそめた。

「馬鹿な真似だ」

幻心斎は、嘲笑を浮かべて一蹴した。

「儂が江戸に来たのは、日暮左近なる秩父忍びを斃し、二荒忍びの名を守るため……」

幻心斎は、左近への憎しみを露わにした。

「お館さま……」

朱雀が表情を変えた。

「うむ。来たか……」

二荒幻心斎は、嬉しげに立ち上がった。


左近は、宇都宮藩江戸下屋敷の大屋根にひっそりと佇んだ。

二荒忍びを放っておけば、陽炎たち秩父忍びは無事には済まない。

叩き潰すしかない……。

左近は、五体から殺気を放った。

殺気が周囲に湧き上がり、左近に殺到した。

無明斬刃……。

左近は、大屋根を蹴って夜空に飛んだ。

二荒忍びたちは、飛んだ左近に手裏剣を放った。

左近は、無明刀を煌めかせた。

甲高い金属音が短く鳴り、手裏剣が次々と弾き飛ばされた。

左近は、暗がりに潜んでいる二荒忍びたちを見定めながら大屋根に着地した。

そして、近くにいた二荒忍びに鋭い一刀を浴びせた。二荒忍びは仰け反り倒れ、大屋根から転がり落ちた。

暗がりに潜んでいた二荒忍びたちが、左近に猛然と殺到した。

左近と二荒忍びは激突した。
殺し合いには、言葉も気合も悲鳴もなかった。
刀が煌めき、刃の咬(か)み合う音が僅かに鳴った。
左近は、闇を縦横無尽に斬り裂いた。
剣は瞬速……。
無明刀は閃光となり、二荒忍びを蹂躙(じゅうりん)した。
二荒忍びは次々と斃れた。
血は屋根瓦を濡らし、臭いを漂わせた。
口笛が短く鳴った。
二荒忍びは退いた。
左近は大屋根を蹴り、奥御殿の庭に向かって夜空を大きく飛んだ。
奥御殿は闇に包まれていた。
左近は、奥庭に着地して奥御殿に走った。
二荒忍びが、奥御殿の暗い座敷から一斉に飛び出した。
左近は走りながら地を蹴り、突進して来る二荒忍びの頭上を大きく飛んだ。
左近は、そのまま奥御殿に走る……。

二荒忍びは、慌てて振り向いた。

目の前にいた左近が、無明刀を真っ向から斬り下げた。

二荒忍びは驚き、呆然とした面持ちで奥庭に叩きつけられた。

左近は奥御殿に入らず、反転して二荒忍びに襲い掛かったのだ。

二荒忍びは怯んだ。

左近に容赦はなかった。

情けは命取り……。

左近は、容赦なく二荒忍びを斬り棄てた。

砂利が飛び、草が千切れ、木々の葉が散った。

左近は、二荒忍びを斃した。

鋭い殺気が、左近を背後から襲った。

左近は振り返り、反射的に殺気に向かって飛んだ。

殺気は、暗い座敷から放たれていた。

左近は座敷に向かった。

数本の槍が、座敷の障子を破って突き出された。

左近は槍を躱し、障子を突き破って座敷に飛び込んだ。

次の瞬間、怪鳥が闇を斬り裂いて左近に飛来した。
朱雀だ……。
左近は、体を開いて躱した。
朱雀は反転して座敷の壁を蹴り、再び左近に飛んで青白い輝きを放った。
左近に躱す間はなかった。
覆面が斬られ、頬の傷から血が流れた。
朱雀は、座敷の壁を蹴って左近の周囲を飛び交った。
左近は、朱雀の攻撃を躱して壁に走り、その前に立った。
壁と左近の間は僅かだった。
朱雀は、左近に向かって飛んでいた。
左近は、朱雀の前に立って五体を晒した。
「死ね……」
朱雀は、小太刀を構えて左近に飛び掛かった。
左近は身を沈めた。
朱雀の前から左近は消えた。
壁を蹴るしかない……。

朱雀は、狼狽えながらも壁を蹴ろうと反転した。
刹那、左近は無明刀を斬り上げた。
朱雀の反転して伸びた身体は、弾かれたように飛ばされて畳に叩きつけられた。
左近は、素早く立ち上がった。
朱雀は、腹を真横に斬られて絶命していた。
左近は、反転して壁を蹴る時に出来る僅かな隙を衝いたのだ。
残るは二荒幻心斎……。
左近は、奥御殿の奥に向かった。
左近は、襖を開けて暗い座敷を次々と進んだ。
最後の座敷に人影があった。
左近は、闇を透かし見た。
人影は、鎧櫃の上に飾られた鎧兜だった。
左近は戸惑った。
鎧兜は人が纏っているのか……。
左近は窺った。
鎧兜に人の気配や殺気は窺えず、飾られているだけだ。

左近は、誘いの殺気を放った。だが、鎧兜からは何の反応もなかった。

忍びは潜んでいない……。

左近は見定め、油断なく座敷を抜けて廊下に向かった。

兜内の面頬(めんぽお)の奥の眼が開いた。

刹那、左近は脇腹に鋭い痛みを覚え、障子を蹴破って廊下から奥庭に転がり出た。

鋭い痛みを覚えた脇腹には、血が溢れ出ていた。

人の気配や殺気はなかった筈だ。

誰だ……。

左近は、蹴破った障子を見据えた。

暗い座敷から鎧兜を着けた人影が現れた。

人影は血に濡れた忍び刀を提(さ)げ、兜と面頬を取った。

白髪の老武士の顔が現れた。

二荒幻心斎……。

左近は、幻心斎が人としての気配や殺気を消し、物となれるのを知った。

二荒幻心斎は、左近に殺気を放った。殺気には怒りと憎悪が入り混じり、左近を圧倒した。

左近は、無明刀を青眼に構えた。

幻心斎は、切っ先から血の滴る忍び刀を提げて左近に進んだ。

左近は、飛び退いて間合いを取ろうとした。だが、幻心斎の圧倒的な殺気は、それを許さなかった。

左近が動けば、幻心斎はその隙を鋭く衝いてくる。

下手に動けない……。

左近は焦った。

斬られた脇腹から血は流れ続けた。

幻心斎は左近に迫った。

これまでだ……。

左近は、無明刀を頭上高く真っ直ぐに構え、一本の刀と化した。

幻心斎は戸惑った。

無明刀を大上段に構えた左近の身体は、無防備で隙だらけになった。

諦め、血迷ったか……。

幻心斎は左近の見切りの内に踏み込んで、鋭い一刀を放った。

剣は瞬速……。

無明斬刃……。

左近は、頭上高く構えた無明刀を斬り下げた。無明刀は、幻心斎の忍び刀が左近に届く寸前に閃光となった。

閃光は、幻心斎を真っ向から貫いた。

同時に幻心斎の忍び刀が、左近の胸元を斬り裂いた。

左近と幻心斎は残心(ざんしん)の構えを取り、訪れた静寂に身を委ねた。

額から一筋の血が流れ、幻心斎の顔を二つに分けた。幻心斎は憎悪に顔を歪め、ゆっくりと仰向けに斃れた。

無明刀の切っ先から血が滴り落ちた。

二荒幻心斎は死んだ。

生き残った二荒忍びたちは、音もなく立ち去っていった。

夜風が吹き抜け、宇都宮藩江戸下屋敷に訪れた静寂は揺れた。

左近は立ち尽くした。

二荒忍びは消え去った。

数日後、宇都宮藩総目付の黒木帯刀と浜松藩先手物頭の宗方兵庫は、首の血脈を刎ね斬られた骸（むくろ）で発見された。

下手人は日暮左近……。

だが、その証拠は何一つなかった。

「おのれ、日暮左近……」

宇都宮藩主戸田忠温は、家臣たちに日暮左近と於福丸たちの探索を命じた。

特に於福丸は何としてでも捜し出し、密かに始末しなければならないのだ。

ある朝、目覚めた忠温は、己の首に緋色の紐が巻かれているのに愕然とした。

緋色の紐には、〝いつでも殺せる〟との意味が込められていた。

戸田忠温は、激しい恐怖に衝き上げられた。

日暮左近の仕業……。

忠温は睨んだ。

日暮左近は、忠温が眠っている間に忍び込み、首に緋色の紐を巻き付けて立ち去ったのだ。

左近と於福丸を捜し続ければ、首に巻いた緋色の紐を締める……。

日暮左近は、十重二十重（とえはたえ）に護りを固めても必ず忍び込んで来る。

忠温はそう感じた。

日暮左近は、緋色の紐を締めに来る……。

忠温は、左近と於福丸を捜し出すのを諦め、家臣たちに手を引くように命じた。

日暮左近……。

忠温は、口惜しさに顔を歪めた。


浜松藩江戸上屋敷は、江戸城曲輪（くるわ）内西御丸下にあった。

藩主水野忠邦は、叔父水野忠春の葬儀から戻り、眠りに就いた。

叔父水野忠春の斬死は、公儀に病死と届けられていた。

丑（うし）の刻八ツ（午前二時）。

藩主水野忠邦は、頬にむず痒さを感じて眼を覚まし、指先で触れた。指先に生暖かい液体が付き、血の臭いがした。

血……。

水野は驚き、跳ね起きようとした。しかし、身体は押さえつけられ、起き上がる事は叶わなかった。

眼の前に覆面をした男が現れた。

水野は、背筋に戦慄を覚えた。

覆面をした男の眼には、狡猾さや猛々しさはなく涼やかで穏やかだった。

日暮左近……。

水野の直感が告げた。

「水野忠邦、叔父忠春の二の舞になりたくなければ、於福丸から手を引け……」

左近は囁いた。

「於福丸……」

「左様。引かなければ忠春同様、喉を抉る」

水野は、喉元に刃が当てられたのに気が付いた。

左近の言葉に偽りはない……。

「分かった。於福丸から手を引く……」

水野は、震える声で囁いた。

「今の言葉に嘘偽りがあった時は、また邪魔をする」

水野は、身体を押さえつけていた力が消えるのを知った。そして、全身から脂汗が噴き出すのを感じた。

その夜、蔵から五百両の藩主手許金がなくなっていた。

守役大高主水正は、於福丸を東叡山寛永寺の貫主の許に連れて行った。そして、於福丸の出自と境遇を告げ、幸せにしてやって欲しいと頼んだ。

「幸せにしてやって欲しいか……」

「左様にございます」

大高は平伏した。

貫主は微笑んだ。

寛永寺の貫主は代々法親王であり、公儀も容易に手出しは出来ない。

幼い於福丸を醜い権力争いから救い出すには、それが上策なのだ。

大高は、於福丸と乳母のお幸を寛永寺の貫主に預け、家督を嫡男に譲って出家した。それは、己の配下として二荒忍びと闘い、果てた者たちの菩提を弔うためだった。


五百両の小判は光り輝いた。

「水野忠邦からの金……」

陽炎は、目の前に積まれた五百両の小判に眉をひそめた。

「左様。秩父忍びの働きに対する礼金だ」

左近は告げた。

「左近……」

陽炎は困惑した。

於福丸の警固は出来たとしても、雇い主の水野忠邦の意には沿わなかった筈だ。

しかし、左近は水野忠邦から五百両もの金を持って来た。陽炎は、その裏に潜む左近の行動に気が付いた。

「陽炎、この金を持って、小平太や螢たちと秩父に帰るが良い」

左近は微笑んだ。

「左近、お前も秩父に戻らぬか。秩父に戻り、小平太たちを秩父忍びとして鍛えてはくれないか……」

陽炎は、目を輝かせた。

「陽炎、それは出来ぬ」

左近は苦笑した。

「何故だ、左近……」

「陽炎、俺はもう秩父忍びではない」

左近は突き放した。

「左近……」

陽炎は言葉を失った。

「所詮、俺は根無し草……」

「根無し草……」

陽炎は、戸惑いを滲ませた。

「帰る処もなく、心配してくれる者もいない。風に吹かれ、その日その日を生きている根無し草に過ぎぬ……」

左近は、淋しげな笑みを浮かべた。

「左近、お前は根無し草などではない。秩父忍びだ。私の許婚の秩父忍びの加納大介だ」

陽炎は、哀しげに告げた。

「陽炎、私はお前の兄、結城左近を斬って記憶を失って以来、根無し草の日暮左近だ……」

左近は、そう云い残して陽炎の前から消えた。

「左近……」

陽炎は、悲痛に叫んだ。

悲痛な叫び声は、江戸湊の潮騒と鷗の鳴き声に掻き消された。
陽炎は、小平太、猿若、烏坊、螢たちを連れて秩父に帰った。
江戸湊は煌めいた。
左近は、鉄砲洲波除稲荷の境内に佇み、江戸湊を眩しげに眺めた。
潮風が左近の鬢の解れ髪を揺らした。
左近は、掌に赤い天道虫を載せた。
赤い天道虫は、小さく可憐だった。
陽炎……。
左近は、赤い天道虫を愛おしげに握り締めた。

第二章　白い虎

一

不忍池（しのばずのいけ）には木々の緑が映（は）えていた。

料理屋『堀川（ほりかわ）』は、昼飯時だというのに暖簾（のれん）も出さず静寂に沈んでいた。

「あそこですぜ……」

公事宿『巴屋』の下代の房吉は、不忍池の畔（ほとり）にある料理屋堀川を示した。

「うん……」

公事宿巴屋出入物吟味人の日暮左近は、不忍池の畔にある古い料理屋を眺めた。

「ちょいと様子を見て来ます。此処（ここ）で待っていて下さい」

房吉は、左近を残して料理屋堀川の様子を見に行った。

左近は、不忍池の畔に佇み、水面に遊ぶ水鳥を眺めた。

水鳥は水面に波紋を広げ、小波（さざなみ）を走らせて遊んでいた。

「何だ、手前（てめえ）は……」

男の怒声があがった。

左近は、怒声のあがった背後を振り返った。

房吉と二人の浪人が、料理屋堀川から縺（もつ）れ合いながら出て来た。

「あっしは公事宿巴屋の下代でして、堀川の旦那から店を受け継いだ若菜（わかな）の……」

「煩（うるせ）え」

髭面（ひげづら）の浪人が、遮るように房吉を乱暴に突き飛ばした。

房吉は、よろめき倒れ掛けた。

左近が素早く駆け寄り、倒れ掛けた房吉を支えた。

「何をする……」

左近は、房吉を庇うように進み出た。

「何だ、手前……」

大柄な浪人は、酒臭い息を吐いて左近に殴り掛かった。

左近は、殴り掛かってきた大柄な浪人の拳を掌で受け止めた。

「おぬしたちは……」

左近は、静かに尋ねながら大柄な浪人の拳を握り、捻りあげた。

大柄な浪人は、痛さに顔を歪めて呻いた。

髭面の浪人は狼狽えた。

左近は、大柄な浪人の腕を尚も捻りあげた。

「お、俺たちは徳右衛門に頼まれて留守番をしているだけだ」

大柄な浪人は、激痛に声を嗄らした。

「徳右衛門ってのは、三河町の金貸し徳右衛門だな」

房吉は訊いた。

「そ、そうだ……」

大柄な浪人は、苦しげに頷いた。

左近は、大柄な浪人を突き放した。

大柄な浪人は、背後によろめいて倒れた。

左近は、房吉を窺った。

房吉は頷いた。

「じゃあ……」

左近と房吉は、踵を返して不忍池の畔を下谷広小路に向かった。

二人の浪人は、微かな怯えを滲ませて左近と房吉を見送った。

風が吹き抜け、木洩れ日は激しく揺れた。


馬喰町の往来は、浅草御門前両国広小路から日本橋の通りに続き、行き交う人で賑わっていた。

公事宿巴屋は、公事訴訟で地方から出て来た者の世話に忙しかった。

「やはり、いたかい居座り野郎……」

公事宿巴屋の主の彦兵衛は、苦笑した。

「ええ。浪人が二人、酒を飲んでいましたぜ」

房吉は吐き棄てた。

左近は、縁側の柱に寄り掛かり、夕暮れ空を眺めながら茶を啜った。

「三河町の金貸し徳右衛門か……」

昨日、巴屋に浜町河岸の料理屋『若菜』の主の仁左衛門が相談に訪れた。

仁左衛門は、同業の不忍池の料理屋堀川の主に三百両の金を貸していた。しかし、堀川は借金を重ねて店を畳む事になった。

堀川の主は、一番多くの金を貸してくれていた若菜の仁左衛門に店を譲渡した。

仁左衛門は、堀川の主に百両を貸していた金貸し徳右衛門に元金に多めの利息をつけて渡し、話をつけようとした。しかし、徳右衛門は納得せず、空き家になった堀川にいち早く居座りを入れたのだ。

そいつをどうにかしてもらえないか……。

仁左衛門は、彦兵衛に相談した。

「徳右衛門、金じゃあ納得しないのですか」

彦兵衛は眉をひそめた。

「ええ。随分と弾んだんですが、どうあっても店が欲しいと……」

仁左衛門は、吐息を洩らした。

「しかし、百両の金を貸しているだけで、三百両も貸している仁左衛門さんと張り合おうなんて虫が良すぎますよ」

彦兵衛は呆れた。

「彦兵衛さん、私もそう思いますが、徳右衛門、いつの間にか堀川に人相の悪い浪人を入れているんですよ」

「浪人をねえ……」

「ええ、何とかなりませんかねえ……」

仁左衛門は眉を曇らせた。

彦兵衛は、仁左衛門の頼みを引き受け、腕利きの下代の房吉に扱わせる事にした。

「旦那、こいつはいろいろありそうです。左近さんに手伝ってもらって構いませんか」

房吉は眉をひそめた。

「ああ、左近さんが構わなければな」

房吉は、公事宿巴屋出入物吟味人の左近に手伝いを頼んだ。

「いいですよ」

左近は、房吉の頼みを引き受けた。

「それで、これからどうする」

彦兵衛は茶を啜った。

「そいつなんですがね。堀川に居座る浪人共を左近さんに叩き出してもらうのは簡単ですが、まずは堀川の旦那に、店は若菜の仁左衛門さんに譲ったって証文を書いてもらい、月番の南の御番所に訴え出ますよ」

「うむ。まあ、その辺りからだね」

彦兵衛は頷いた。

「お茶、淹れ替えましょうか……」

おりんが入ってきた。

「いや、茶より酒を頼むよ」

彦兵衛は告げた。

夕陽が庭先から差し込み、柱に寄り掛かっている左近の影を長く伸ばしていた。

「はい、はい……」

おりんは、苦笑して台所に向かった。

男の駆け寄って来る足音がし、朝の潮の香りが揺れた。

誰か来た……。

左近は、蒲団を抜けて寝間を出た。

寮の戸が叩かれた。

「開いている」

左近は告げた。

「御免なすって……」

公事宿巴屋の若い下代の清次が、戸を開けて飛び込んできた。

「どうした。清次……」

左近は眉をひそめた。

「へい。浜町河岸の料理屋若菜の旦那さまが急に亡くなったそうです」

清次は、息を弾ませた。

「何……」

左近は戸惑った。

料理屋若菜の主の仁左衛門が死んだ。

その死は、不忍池の畔の料理屋堀川の一件に拘わりがあるのか……。

左近は思いを巡らせた。

「それで、房吉の兄貴が来てくれと……」

「心得た」

左近は、出掛ける仕度を急いだ。

浜町堀には、荷船の船頭の歌う唄が長閑に響いていた。

左近は、料理屋若菜に向かい、浜町河岸を急いだ。

料理屋若菜は、浜町堀に架かる栄橋の袂にあった。

左近は、大戸を閉めている若菜に向かった。

房吉が待っていた。


線香の煙と匂いが溢れていた。

仁左衛門の遺体は寝間に安置され、女将のおきぬと番頭の富次郎が付き添っていた。

左近と房吉は、仁左衛門の遺体に手を合わせた。

「それで、仁左衛門どのの身体に刀傷はないのだね」

左近は、おきぬと富次郎に尋ねた。

「はい。掠り傷の一つもございませんでした」

「刺し傷のようなものはどうです」

「そんなものもございませんでした」

おきぬは、涙声を震わせた。

「ないか……」

左近は眉をひそめた。

「南町奉行所の同心の旦那は、心ノ臓の急な病だろうと……」

富次郎は涙を拭った。

「心ノ臓の急な病か……」

南町奉行所の同心の睨みは、おそらく間違っている……。

左近の勘が囁いた。

「女将さん、旦那さまは日頃から心ノ臓が悪かったんですか……」

房吉は眉をひそめた。

「いいえ。そんな事はございません」

仁左衛門の心ノ臓に悪いところはなかった。だが、心ノ臓は急に悪くなる事もある。

「番頭さん、三河町の金貸し徳右衛門から何か云って来ちゃあいませんか」

「それが、何も……」

富次郎は、困惑を浮かべた。

「そうですか……」

房吉は、微かに落胆した。

線香の煙は、ゆらりと揺れながら天井に立ち昇っていた。

左近は煙を見上げた。

「仁左衛門どのは、此処で休まれていたのか」

「は、はい。主人はいつも此の寝間で一人で寝ております」

おきぬは涙を拭った。

左近は、煙の立ち昇る天井を見上げた。


左近と房吉は、寝間から廊下に出た。

「心ノ臓の急な病ですか……」

房吉は吐息を洩らした。

「外で待っていてくれ」

左近は囁いた。

「左近さんは……」

房吉は戸惑った。

「すぐに行く」

左近は、空いている座敷に素早く入った。

房吉は、苦笑しながら勝手口に向かった。


天井裏は暗く埃が満ちていた。

左近は、暗がりを透かし見た。そして、梁伝いに仁左衛門の寝間の上に進んだ。

梁に積もった埃が散った。

やがて、天井の下から線香の匂いがした。

仁左衛門の寝間の上だ。

左近は、天井裏を調べ始めた。

厚く積もった埃に、何かの痕が微かに残されていた。

やはりな……。

左近は、小さな笑みを浮かべた。

浜町堀に櫓の軋みが響いた。

房吉は、栄橋に佇んで浜町堀の流れを眺めていた。

「やあ……」

左近がやって来た。

「何か分かりましたか……」

「うん。仁左衛門は殺された」

左近は、事も無げに告げた。

「殺された……」

房吉は眉をひそめた。

「仁左衛門の寝間の天井裏に、人が忍び込んだ痕があった」

左近の眼が僅かに輝いた。

「天井裏……」

「ああ。おそらく下手人は、天井裏から忍び込み、眠っている仁左衛門どのの口と鼻を塞（ふさ）ぎ、息の根を止めた」

左近は読んだ。

「そんな……」

房吉は驚いた。

「下手人は、忍びの心得のある者か殺しの玄人（くろうと）……」

左近は睨んだ。

「忍びか殺しの玄人……」

房吉は、唖然とした面持ちになった。

「金貸し徳右衛門の家、神田三河町でしたね」

左近は尋ねた。

「じゃあ左近さんは、徳右衛門が……」

「人殺しを生業にする者に殺らせた……」

左近は、微かな嘲りを過ぎらせた。

「邪魔者は殺せですかい……」

「違うかな」

「分かりました。三河町に行きましょう」

左近と房吉は、神田三河町の金貸し徳右衛門の家に向かった。

外濠鎌倉河岸は、既に荷揚げ荷下ろしが終わっていた。

左近と房吉は、鎌倉河岸を抜けて三河町二丁目に進んだ。

「この辺ですがね。ちょいと待っていて下さい」

房吉は、木戸番屋に走った。

木戸番屋は町木戸の傍、自身番の向かい側にあった。

木戸番屋には、町に雇われた木戸番が詰めており、町木戸の開け閉め、夜廻りなどの仕事をしていた。

木戸番は、草鞋や炭団、ろうそくに駄菓子などを売っている店先で房吉に道を教えた。

房吉は礼を云い、左近の許に戻って来た。

「こっちですぜ」

房吉は、左近を裏通りに誘った。

仕舞屋は黒塀に囲まれていた。

「金貸し徳右衛門の家、此処ですぜ」

房吉は、黒塀に囲まれた仕舞屋を示した。

左近は、仕舞屋の様子を窺った。

仕舞屋は静けさに包まれていた。

「妙に静かですね」

房吉は眉をひそめた。

「どんな様子か、聞き込んできます」

「うん……」

房吉は、聞き込みに走った。

左近は、辺りを窺った。

辺りに行き交う人はなく、不審なところはなかった。

左近は見定め、徳右衛門の仕舞屋の隣の家の屋根に飛んだ。

左近は、隣の家の屋根に音もなく忍んだ。

屋根の上からは、徳右衛門の家の庭と居間などが見えた。

左近は、屋根に忍んで見下ろした。

肥った白髪頭の男が、居間で痩せた中年男と長火鉢を挟んでいた。

肥った白髪頭の男は、金貸し徳右衛門……。

左近は見定めた。

徳右衛門は、帳簿を見ながら数枚の証文を痩せた中年男に渡した。

痩せた中年男は、数枚の証文を懐に入れて徳右衛門に頭を下げて出て行った。

痩せた中年男は、徳右衛門配下の借金の取立て屋なのだ。
左近は睨んだ。
取立て屋は、玄関脇の小部屋に姿を見せた。
横になって酒を飲んでいた浪人の一人が身を起こし、取立て屋と一緒に出て行った。
取立て屋は、浪人を用心棒にして取立てに出掛けた。
徳右衛門は、長火鉢の前から立ち上がった。
出掛ける……。
左近は、冷たく笑った。

金貸し徳右衛門は、用心棒の浪人を従えて家を出た。
左近は、尾行を開始した。
徳右衛門と浪人は、神田八ツ小路に向かった。
左近は追った。
徳右衛門は、落ち着きのない眼で辺りを窺い、足早に進んだ。
己が恨みや憎しみを買い、襲われるのを恐れている……。

左近は苦笑した。

神田川には荷船が行き交っていた。

徳右衛門たちは、神田川に架かる昌平橋（しょうへいばし）を渡り、神田明神に向かった。

神田明神は参拝客で賑わっていた。

徳右衛門たちは、境内の茶店に入って茶を頼んだ。

左近は、灯籠の陰から徳右衛門を見張った。粋（いき）な身なりの年増が現れて茶店に入り、徳右衛門の隣に腰掛けた。

左近は見守った。

徳右衛門は、年増に小さな紙包みを渡した。

年増は艶然と微笑み、小さな紙包みを懐に入れた。

小さな紙包みは金だ……。

左近は睨んだ。

二

小さな紙包みには、おそらく一つ二十五両の金が入っている。

年増と金は、『若菜』の仁左衛門殺しに拘わりがあるのかもしれない。

左近は読んだ。

年増は茶を飲み、徳右衛門を残して茶店を出た。

徳右衛門は、用心棒の浪人に目配せをした。

用心棒の浪人は、茶店を出て年増を追った。

左近は、徳右衛門を残して年増と用心棒の浪人を尾行した。

年増は、神田川沿いの道に出て大川に向かった。用心棒の浪人は尾行した。

下手な尾行だ……。

左近は、苦笑しながら追った。

年増は蹴出(けだ)しを翻(ひるがえ)し、足早に筋違御門(すじかいごもん)前を過ぎて和泉橋(いずみばし)の袂を通り過ぎた。

用心棒の浪人が、追って和泉橋の袂を通り過ぎようとした。

和泉橋を渡ってきた着流しの浪人が、用心棒の浪人の前を横切った。

用心棒の浪人は立ち竦(すく)んだ。

着流しの浪人は、用心棒の浪人に嘲りの一瞥を与えて年増の後に続いた。

左近は戸惑った。

見覚えがある……。

左近は、着流しの浪人の顔に見覚えがあった。
刹那、用心棒の浪人が横倒しに倒れた。
行き交う人が悲鳴をあげた。
左近は、倒れた用心棒の浪人に駆け寄った。
用心棒の浪人は、心ノ臓を一突きにされて絶命していた。
殺ったのは着流しの浪人……。
驚くほど、見事な早業だ。
左近は追った。
着流しの浪人の後ろ姿は、新シ橋の辺りに見えた。
白虎……。
左近は、着流しの浪人が二荒忍びの白虎に瓜二つなのに戸惑っていた。
白虎は、左近に額を打ち砕かれて生きる屍になった筈だ。
その白虎にそっくりな浪人が現れた。
何者だ……。
左近の戸惑いは、激しく揺れた。
まさか……。

そして、左近の戸惑いは困惑に変わった。

着流しの浪人は、年増に追いついて並んだ。

年増は、着流しの浪人に寄り添った。

左近は、二人の拘わりを見た。

着流しの浪人は年増を見守り、後を尾行する用心棒の浪人を始末したのだ。

左近は睨み、慎重に追った。

年増と着流しの浪人は、柳橋を渡って両国広小路に入った。そして、両国広小路の雑踏を抜け、大川に架かる両国橋を渡って本所に入った。

本所竪川の流れは静かだった。

年増と着流しの浪人は、竪川に架かる一ツ目之橋の袂、相生町一丁目にある小料理屋に入った。

左近は見届け、周囲に聞き込みを掛けた。小料理屋は『桜や』、女将の名前はおこんといった。

粋な身なりの年増が、女将のおこんなのだ。

左近は睨んだ。

着流しの浪人は、二カ月ほど前から『桜や』の二階に住み着いていた。近所の者や馴染客はおこんの情夫だと噂したが、名前や素性を知る者はいなかった。

着流しの浪人の素性を探り、二荒忍びの風水四神の白虎かどうか確かめなければならない。

もし、着流しの浪人が白虎ならば、若菜の仁左衛門を心ノ臓の急な病に見せ掛けて殺すのは容易い事だ。

左近は睨んだ。

小料理屋『桜や』は静かなままだった。

竪川の流れに西日が煌めいた。

行燈の明かりは、灯されたばかりで小刻みに瞬いた。

「じゃあ左近さんは、その本所の小料理屋の女将が、徳右衛門から仁左衛門さん殺しを金で請け負ったと……」

彦兵衛は眉をひそめた。

「ええ。おそらく前金で二十五両、殺した後に二十五両の都合五十両。手を下したのは着流しの浪人……」

左近は、徳右衛門とおこんの金の受け渡しからそう読んだ。

「左近さん、女将のおこんの情夫が、後を尾行る徳右衛門の用心棒を殺したのは、本所の桜やを知られたくなかったからですかね」

房吉は首を捻った。

「おそらく……」

左近は頷いた。

「じゃあ、徳右衛門とおこんは、殺しを頼む者と受ける者の拘わりに過ぎないのですかい」

彦兵衛は読んだ。

「ええ……」

「左近さん。だったら、おこんの情夫の着流しの浪人、忍びの者ですか……」

房吉は睨んだ。

「きっと……」

左近は、着流しの浪人が二荒忍びの白虎と瓜二つなのを云わずにいた。

「それで旦那、仁左衛門の旦那が亡くなった今、不忍池の堀川はどうするんですか」

房吉は眉をひそめた。

「そいつなんだが、若菜のお内儀さんが、堀川を手に入れなければ仁左衛門さんも成仏出来ないだろうと云ってな」

「じゃあ……」

「うむ。引き続き金貸し徳右衛門と話をつけてくれとね」

「しかし、徳右衛門が仁左衛門さんを殺めたとなると、町奉行所に訴え出た方が……」

房吉は困惑した。

「町奉行所の役人を納得させるだけの確かな証拠、あるかい……」

彦兵衛は苦笑した。

「いいえ……」

房吉は、首を横に振った。

「とにかくこれ以上、徳右衛門に好き勝手な真似はさせない」

彦兵衛は、厳しさを滲ませた。

「ならば、まずは堀川に居座る浪人どもを叩き出しますか……」

左近は、事も無げに云い放った。

不忍池には虫の音が響いていた。

料理屋『堀川』は闇に沈んでいた。

髭面の浪人と大柄な浪人は、煮売屋から総菜を買って来て酒を飲んでいた。

毎日、潰れた料理屋で酒を飲んでいれば給金が貰える……。

「まったく良い商売だ。なあ、加藤……」

大柄な浪人は嬉しげに笑い、酒に濡れた唇を手の甲で拭った。

「ああ。切った張ったのねえ留守番、いつまでも続くと良いな、横塚……」

髭面の浪人の加藤は、湯呑茶碗の酒を啜った。

「そう願うばかりだ」

横塚は、湯呑茶碗に溢れるほどに酒を満たして啜った。

「その願いは叶わぬ……」

左近の笑みを含んだ声が、暗い堀川の中に響いた。

加藤と横塚は、慌てて己の刀を探した。

「己の刀を探すとはな……」

左近が、呆れた面持ちで暗がりから現れた。

「て、手前……」

加藤と横塚は、探し出した刀を慌てて抜いて左近に斬りつけた。左近は、加藤と横塚の刀を叩き落として庭先に突き飛ばした。

加藤と横塚は、庭先に無様に転げ落ちた。

左近は、容赦なく加藤と横塚を殴り、蹴り飛ばした。

加藤と横塚は悲鳴をあげ、頭を抱えて転げ廻った。

左近は、冷たく見下ろした。

「居座りは命を懸けるほどの仕事ではない、早々に消えて、二度と戻るな」

左近は、加藤と横塚に刀を投げつけた。

刀は安っぽい音を立てて転がった。

加藤と横塚は、刀を拾って我先に庭から逃げ出して行った。

「ざまあねえや……」

房吉が入って来た。

「左近さん、野郎共、泡を食って逃げて行きましたよ」

「そうですか……」

左近は苦笑し、加藤と横塚のいた居間に戻った。

房吉は、酒と総菜の残りを片付けて棄てた。

「さあて、今夜からは左近さんとあっしが居座りですぜ」

房吉は笑い、持参した竹籠から酒と料理を出して並べた。

「美味そうですぜ。おりんさんが腕に縒りを掛けて作った肴。ま、一杯やりますか……」

「ええ……」

左近と房吉は、金貸し徳右衛門の雇った浪人たちに代わって料理屋『堀川』を押さえた。

「徳右衛門の野郎、新手の居座りを寄越しますかね」

房吉は、茶碗酒をすすった。

「仁左衛門どのを殺めてまで、手に入れようとしている堀川です。このまま黙ってはいないでしょう」

左近は酒を飲んだ。

「なるほど……」

「それにしても房吉さん、徳右衛門は此の堀川を手に入れ、どうするつもりなんですかね」

左近は首を捻った。

「そりゃあ、料理屋の旦那に納まるのに決まっていますよ」

「そうかな……」

左近は眉をひそめた。

「徳右衛門に料理屋の旦那は似合いませんかい……」

房吉は、左近に探る眼差しを向けた。

「ああ……」

左近は頷いた。

「実は、あっしもそう思いましてね」

房吉は苦笑し、酒を飲んだ。

「徳右衛門、誰かに頼まれて堀川を手に入れようとしているのかもしれません」

房吉は睨んだ。

「誰かに頼まれて……」

「ええ。相手は金貸しの徳右衛門です。堀川から居座りを退かして欲しけりゃあ金を出せってのが相場です。そいつが一切なくて、堀川から手を引けってのは……」

「誰かに頼まれているからか……」

「違いますかね」

「いいや。きっと房吉さんの睨み通りだろう」

徳右衛門の背後には、何者かが潜んでいる。

そいつが誰か……。

小料理屋『桜や』のおこんの情夫の浪人が、二荒忍びの白虎かどうか突き止めるのは、『堀川』の一件を片づけてからだ。

左近は、茶碗酒を飲み干した。


三河町の金貸し徳右衛門の家は、夜の闇に包まれて寝静まっていた。

徳右衛門は、鼾をかいて肥った腹を上下させていた。

暗がりに人影が浮かんだ。

覆面をした左近だった。

徳右衛門の鼾は続いた。

左近は、徳右衛門の枕を蹴った。

徳右衛門は、驚いて起きようとした。

左近は、徳右衛門の肥った腹を足で押さえつけた。

徳右衛門は苦しげに呻いた。

左近は、徳右衛門の顔に無明刀を突きつけた。

徳右衛門は恐怖に衝き上げられ、苦しげな呻きを飲み込んだ。

「誰に頼まれ、堀川を手に入れようとしているのだ」

左近は、無明刀の切っ先を徳右衛門の頬に滑らせた。

徳右衛門は恐怖に震えた。

「顔を切り刻まれたいのか……」

左近は、無明刀の切っ先に力を込めた。徳右衛門の頬から血が滲み出た。

「か、桂井清玄さまだ……」

徳右衛門は、声を擦れさせた。

「桂井清玄、何者だ……」

左近は、桂井清玄を知らなかった。

「奥医師だ。御公儀の奥医師の桂井清玄さまだ」

「奥医師……」

奥医師は、将軍とその家族の診察をする幕府の医官であり、本道の奥医師の御番料は二百俵とされていた。だが、将軍家以外の者に対する往診も許されており、莫大な診察料を取っていた。

桂井清玄は、僅かな診療で驚くほどの金を取ると、専らの噂の奥医師だった。

「その桂井清玄が、堀川を欲しがっているのか……」

「ああ。料理屋をやりたがっている若い妾が、堀川を気に入って欲しがっているそうだ」

桂井清玄は、若い妾にせがまれて徳右衛門に『堀川』を手に入れるように頼んだのだ。

「それで、邪魔な若菜の仁左衛門どのを、密かに殺めたのだな」

左近は問い質した。

「し、知らぬ……」

「惚けても無駄だ。お前がおこんという女に、金で仁左衛門殺しを頼んだのは分かっているんだ……」

左近は、嘲りを滲ませた。

徳右衛門は激しく震えた。

「お前が神田明神からおこんを追わせた用心棒は、おこんの仲間の浪人に殺された……」

徳右衛門は、驚きに息を呑んだ。

「仁左衛門どのを手に掛けたのも、その浪人だな……」

「知らぬ。儂は何も知らぬ……」

徳右衛門は否定した。

料理屋堀川の居座りはともかく、仁左衛門殺しが露見すれば獄門磔は免れない。

「浪人の名前もか……」

「知らぬ。儂は何も知らぬ……」

徳右衛門は、半泣きで必死に否定した。

左近は、徳右衛門を見据えた。

「本当だ。本当に知らぬ……」

徳右衛門が、浪人の名を知らないのは本当なのかもしれない……。

左近は見定めた。

座敷の外で襖の開く音がし、廊下を近付いて来る足音がした。

用心棒の浪人だ……。

騒ぎにしてはならない。

今夜はこれまでだ……。

「他言は無用。また来る……」

左近は決めた。

左近は、音もなく闇に消えた。

「旦那。どうかしたのか、旦那……」

襖の外で浪人の声がした。

「な、何でもない……」

徳右衛門は、頭から蒲団を被って激しく震えた。

奥医師、桂井清玄……。

左近は、『堀川』に朝飯を持って来た彦兵衛と房吉に告げた。

「徳右衛門の後ろに奥医師が潜んでいるとはねえ……」

彦兵衛は呆れた。

「奥医師にも下種はいますよ。陰で何をしているのやら……」

房吉は嘲笑った。

「それで、どうします」

左近は、彦兵衛に指示を仰いだ。

「徳右衛門に手を引かせるにしても、桂井清玄は他の奴を使って堀川を手に入れようとするでしょう。肝心なのは、桂井清玄に堀川を諦めさせる事です」

彦兵衛は、冷静に事態を読んだ。

「ならば、桂井清玄を調べてみますか……」

左近は、朝飯を食べ終えて茶を啜った。

「ええ。房吉、お前もお手伝いするんだね」

「そいつは構いませんが、此処は……」

房吉は心配した。

「徳右衛門、暫く大人しくしているだろう」

彦兵衛は笑った。

「分かりました。じゃあ左近さん、奥医師の桂井清玄、ちょいと下調べをして来ます」

房吉は、朝飯を食べ終えて身軽に立ち上がった。

神田川には、荷船が櫓の軋みを響かせて行き交っていた。

左近は、房吉と共に神田川に架かる水道橋（すいどうばし）を渡り、駿河台（するがだい）の武家屋敷街に入った。

武家屋敷街に人通りは少なく、静けさに覆われていた。

「あの屋敷ですね」

房吉は、駿河台の切絵図と見比べ、坂道の上の屋敷を示した。

奥医師の桂井清玄の屋敷……。

左近は、表門の閉ざされた屋敷を見上げた。

行商人の売り声が長閑に響いた。

三

昼が過ぎた頃、桂井屋敷の表門が開いた。

十徳（じっとく）を着て頭巾を被った男が、医生（いせい）らしき若者を供にして出掛けた。

「桂井清玄ですかね……」

房吉は睨んだ。

「きっと……」

桂井清玄は、医生を従えて坂道を下って水道橋に向かった。

左近と房吉は追った。

「往診じゃありませんね」

「ええ……」

奥医師が往診に行く時は、陸尺の担ぐ駕籠に乗り、薬籠持ちなど七、八人で行くのが普通だった。

「じゃあ、若い医生一人がお供ってのは……」

房吉は苦笑した。

「おそらく若い妾の処……」

左近は、生真面目な顔で頷いた。

桂井清玄は、水道橋を渡って神田川沿いの道を両国に向かった。

左近と房吉は尾行した。

桂井清玄と医生は、西竹町の通りに入って湯島六丁目に出た。そして、裏通りに進んで黒塀に囲まれた仕舞屋の前で立ち止まった。桂井清玄は、医生を帰して黒塀の木戸を潜った。

左近と房吉は見届けた。

「妾の家ですかね」

「きっと……」

左近は頷いた。

「じゃあ、見張っていて下さい。ちょいと聞き込んで来ます」

房吉は、左近を仕舞屋の前に残して聞き込みに走った。

どうする……。

左近は思いを巡らせた。

桂井清玄に、料理屋『堀川』から手を引かせるにはどうしたらいいのだ。

脅すか……。

左近は苦笑した。

それとも……。

若い女の奔放な笑い声が、黒塀に囲まれた仕舞屋から洩れて来た。

湯島天神の境内は参拝客で賑わっていた。

着流しの浪人は、本殿の近くにある奇縁氷人石に近寄った。

奇縁氷人石は四尺程の石碑であり、右側に『たつぬるかた』、左側に『をしふるかた』と彫られていた。

尋ね人や迷子を捜す者は、紙に用件を書いて『たつぬるかた』に貼る。そして、心当たりのある者は、返事を紙に書いて『をしふるかた』に貼るのだ。

着流しの浪人は、奇縁氷人石の右側の『たつぬるかた』に貼られている紙を見た。

貼られている紙の中に、桜の花の絵が描かれたものがあった。

着流しの浪人は、桜の花の絵が描かれた紙を取って裏を見た。

裏には『三河町徳右衛門』と書かれていた。

「三河町徳右衛門か……」

着流しの浪人は、紙を畳んで懐に入れた。


若い妾の名はおかよ、歳は十九歳だった。

房吉は、僅かな間に聞き込んできた。

「飯炊きの婆さんと二人暮らしだそうでしてね。旦那は五日毎に来ているそうですよ」

房吉は苦笑した。

「近所の人たちは、旦那が奥医師だと知っているんですか……」

「いえ。身なりから医者だとは分かっていますが、奥医師だとは思っちゃあいませんよ」

「それで、おかよは料理屋の女将が務まるほどの才覚があるんですか」

左近は眉をひそめた。

「そいつが、せいぜい場末の飲み屋の女将が似合いだとか……」

「そうですか……」

おかよは、料理屋の女将を務められるほどの器量はないのだ。だが、おかよは料理屋を営みたがり、旦那の桂井清玄に子供のように甘えてせがんだ。桂井清玄は、甘えてせがむ若い妾のおかよの言いなりだった。桂井清玄は頷き、金貸し徳右衛門に料理屋を探すように頼んだ。徳右衛門は、桂井清玄の頼みを引き受け、物件を探した。そして、潰れた料理屋『堀川』に行き当たった。堀川には百両の金を貸したままでもあり、好都合な物件だった。徳右衛門は、料理屋若菜の主の仁左衛門が債権者の一人と知り、いち早く浪人たちを居座らせて所有権を主張した。

何もかも、妾稼業の十九歳の女の気まぐれから始まっていた。

馬鹿な話だ……。

左近は、殺された『若菜』の仁左衛門に同情した。

野郎……。

金貸し徳右衛門は、夜中に脅しを掛けに来た者が、加藤と横塚を『堀川』から追い出した男だと気付いた。

男は、用心棒の浪人たちの手に負えるような者ではない。

始末屋のおこんに頼むしかない……。

徳右衛門は、桜の花の絵を描いた紙を湯島天神の奇縁氷人石に貼った。

紙に描かれた桜の花の絵は、おこんに連絡を取る符牒だ。

徳右衛門は、返事の来るのを待った。

「旦那……」

取立て屋の常吉(つねきち)が敷居際に来た。

「なんだ……」

「おこんって色っぽい年増が来ていますぜ」

常吉は、好色な笑みを浮かべた。

おこんは、返事を寄越す前にやって来た。

「通しな……」

徳右衛門は、苛立たしげに命じた。

「へい……」

常吉は、徳右衛門の顔色を読んで慌てて立ち去った。

徳右衛門は、長火鉢の抽斗(ひきだし)から紙包みを一つ取り出した。

「旦那……」

常吉が敷居際で声を掛けた。

「入ってもらいな」

「お邪魔しますよ」

おこんが、粋な身なりで入って来て長火鉢の前に座り、桜の花の絵の描かれた紙を差し出した。

「良く来てくれた」

「いいえ。で、どうしたんですか、旦那……」

おこんは、艶然と微笑んだ。

「ちょいと頼みがあってね……」

徳右衛門は、長火鉢の猫板に切り餅を置いた。

おこんは、徳右衛門の頼みが何か気が付き、艶然とした微笑みを消した。


不忍池の畔には虫の音が溢れていた。

料理屋堀川の居間では、左近と房吉が眠っていた。

庭先の虫の音は、規則正しく続いていた。

不意に虫の音が消えた。

左近は、眠りから目覚めた。そして、寝たまま周囲の様子を窺った。

房吉が隣で寝息を立てているだけで、周囲の様子に異常はなかった。だが、虫の音は消えたままだ。

何者かが忍び込んで来ている……。

金貸し徳右衛門に頼まれた始末屋の刺客かもしれない。

左近は、全身で忍び込んだ者の気配を捉えようとした。

気配がない……。

左近は、忍び込んだ者の気配を容易に捉えられなかった。

ひょっとしたら……。

左近は、寝床を抜け出した。
長い廊下には暗い闇が溢れていた。
左近は隅に忍び、長い廊下に続く暗い闇を見据えた。
暗い闇には、人影も気配もなかった。
左近は、廊下の左右に並ぶ座敷を窺いながら進み、いきなり殺気を放った。
廊下の奥の闇が揺れた。
人の気配……。
左近は暗い廊下を走った。
闇の揺れは座敷に飛んだ。
忍びの者……。
左近は、追って暗い座敷に入った。
待ち構えていたように、闇に刃風(はかぜ)が鳴った。
左近は、咄嗟に飛び退いた。
揺れる闇から忍びの者が現れた。
左近は、忍びの者の正体を見抜こうとした。

忍びの者は、左近に鋭く斬り掛かった。
左近は素早く躱し、忍びの者の太刀筋を見届けた。
見覚えのある太刀筋だった。
やはり……。
左近は、座敷から庭先に飛んで出た。
忍びの者が追って現れた。
「白虎……」
左近は、忍びの者に呼び掛けた。
忍びの者は、左近の呼びかけにも動じず鋭く斬り掛かった。
左近は戸惑った。
忍びの者は、己の名を呼ばれても狼狽えも慌てもしなかった。
白虎ではないのか……。
左近は、戸惑いながらも忍びの者の斬り込みを躱し、夜空に飛んだ。
左近は、『堀川』の大屋根に着地した。
忍びの者が追って現れた。

雲が切れ、青白い月が浮かんだ。

左近は、己の顔を青白い月明かりに晒した。

忍びの者は、左近の顔を見ても怯えや動揺を見せず、鋭い殺気を放っていた。

俺を見忘れたのか、それとも白虎ではないのか……。

「白虎。お前は二荒忍びの白虎ではないのか」

左近は誰何した。

忍びの者から殺気が消えた。

「二荒忍びの白虎……」

忍びの者は、確かめるように呟いた。

左近は、忍びの者を見据えた。

「それが俺なのか……」

忍びの者は、困惑した面持ちで左近を見つめた。

記憶を失っている……。

左近は、白虎が記憶を失い、己が何者か分からないでいるのを知った。そして、宇都宮藩江戸上屋敷の大屋根で白虎と闘い、虎の顔の入った鉢金を無明刀で断ち斬ったのを思い出した。その時、白虎は命を取り留めたが、寝たきりになったと聞いた。だが、白虎は蘇った。

記憶を失って……。

左近は知った。

「そうだ。お前は、白虎という名の二荒忍びだ」

「俺は二荒忍びの白虎……」

忍びの者は呆然と呟いた。

「左近さん……」

庭先から房吉の切迫した声が聞こえた。

房吉に危険が迫っている……。

左近は気を取られた。

刹那、忍びの者は夜空に飛んで闇に消えた。

左近は、忍びの者を追わず、房吉のいる庭先に飛び降りた。

房吉は、浪人の加藤と横塚に囲まれていた。

「左近さん……」

房吉は、安堵に顔を綻ばせた。

加藤と横塚は、左近を見て無様に腰を引いて怯えた。

「俺を始末屋に始末させ、また居座る企てなら無駄だ」

左近は、冷たく見据えた。

「煩え……」

加藤と横塚は、悲鳴のように怒鳴った。

「二度目に容赦はない……」

左近の眼に哀れみが過ぎった。

加藤と横塚は、衝き上げる恐怖を忘れようと左近に猛然と斬り掛かった。

左近は、無明刀を無造作に閃かせた。

加藤と横塚は、首の血脈を刎ね斬られて棒のように倒れた。

血の臭いが漂った。

「怪我はありませんか……」

左近は、無明刀を振って血を切って鞘に納めた。

「ええ。お陰で助かりましたぜ」

房吉は喉を鳴らした。

虫の音が湧き、庭先に響き始めた。

馬喰町の公事宿『巴屋』は、下代や泊まり客が公事訴訟で町奉行所に出掛け、女中たちが掃除に忙しかった。

房吉は、彦兵衛の仕事部屋に行った。

彦兵衛は、依頼人の訴状を代筆していた。

房吉は彦兵衛に挨拶をし、昨夜遅く『堀川』に始末屋の刺客と居座り浪人が現れたのを報告した。

「そいつは大変だったな……」

彦兵衛は眉をひそめた。

「ええ。でも、まあ、左近さんがいち早く始末屋の刺客に気が付きましてね」

「流石だね……」

「ええ。で、そいつが忍びの者だったそうで、左近さん、てこずりましてね」

「始末屋の刺客が忍びの者……」

彦兵衛は戸惑った。

「その内、あっしが居座り浪人たちに襲われ、左近さん、あっしを助けようとしましてね」

「その間に刺客の忍びの者、逃げたのかい」

「へい。左近さんが二人の居座り浪人を斬り棄てる間に……」

「そうか。居座り浪人が消え、左近さんの始末に失敗したとなれば、徳右衛門も堀川を諦めるだろう」

彦兵衛は苦笑した。

「ええ。後は奥医師の桂井清玄と妾がどう出るかですよ」

「うむ……」

「それから旦那……」

房吉は眉をひそめた。

「なんだい……」

「左近さんですが、ちょいと妙なんですよ」

「妙……」

「ええ……」

「なんだい……」

「左近さん、昨夜の刺客の忍びの者、どうも知っているようなんです」

房吉は困惑を滲ませた。

「知り合いだって云うのかい……」

「ええ。ひょっとしたら……」

「そりゃあ左近さんも忍びの者だ。知り合いだったとしても不思議はないだろうが……」

彦兵衛は、厳しさを過ぎらせた。

本所竪川は静かに流れていた。

左近は、竪川に架かる一ツ目之橋に佇んで小料理屋『桜や』を見守った。

小料理屋『桜や』は店を閉めていた。

二荒忍びの白虎は、桜やの二階に潜んでいるのか……。

左近は、白虎が姿を見せるのを待った。しかし、半刻(はんとき)(一時間)が過ぎても白虎と女将のおこんが姿を見せる事はなかった。

仕方がない……。

左近は、桜やの二階に向かって誘いの殺気を放った。だが、殺気に対する白虎の反応は何もなかった。

白虎はいないのか……。

左近は戸惑った。

僅かな刻が過ぎ、おこんが桜やから出て来た。

左近は見守った。

おこんは、心配げな面持ちで辺りを見廻した。

白虎を待っている……。

左近の勘が囁いた。

おこんは、悄然とした面持ちで桜やに戻った。

白虎は、おそらく昨夜から帰って来ていないのだ。

左近は睨んだ。

白虎はどうしたのだ……。

左近は思いを巡らせた。

おこんが、小料理屋『桜や』の裏口から出て来た。そして、竪川沿いの道を大川に急いだ。

左近は追った。


大川には様々な舟が行き交っていた。

おこんは、大川に架かる両国橋を渡り、広小路の雑踏を抜けた。

何処に行く……。

いずれにしろ、おこんは白虎がいると思われる処に向かっているのだ。

左近は睨んだ。

両国広小路を抜けたおこんは、柳橋を渡って神田川沿いを西に向かい、下谷御成街道に曲がった。

御成街道の先には、下谷広小路や上野寛永寺、不忍池がある。そして、不忍池の畔には料理屋『堀川』がある。

おこんは、白虎が堀川にいると思っているのだ。

左近は、おこんを追った。

四

白虎は、おこんにも行き先を告げず姿を消した。

おこんは、不忍池の畔に佇んで料理屋堀川を見つめた。

料理屋堀川は木洩れ日を浴び、ひっそりと建っている。

左近は見守った。

おこんは、決心したように喉を鳴らし、料理屋堀川に近づいた。そして、辺りを窺いながら庭に続く木戸を押した。

木戸は、甲高い軋みを鳴らして開いた。

おこんは怯んだ。だが、必死に踏み止まり、庭に続く木戸を潜った。

料理屋堀川の庭は、掃除や手入れもされておらず荒れかけていた。

おこんは庭を見廻し、連なる座敷を窺った。連なる座敷は雨戸が閉められており、人の気配はなかった。

左近は見守った。

おこんは、庭を横切って裏手に廻った。

裏手の勝手口の周囲は、綺麗に片づけられていた。

おこんは、勝手口の潜り戸を引いた。潜り戸は開いた。

台所は薄暗く静かだった。

おこんは、台所に忍び込んだ。

房吉がいれば気が付く筈だ。だが、房吉は出掛けているのか、現れなかった。

おこんは、堀川の中を調べた。

左近は、おこんを見守った。

料理屋堀川に白虎はいない……。

見極めたおこんは、堀川を出て明神下の通りを神田川に向かった。

左近は追った。

おこんは、思い詰めた面持ちで神田川に架かる昌平橋を渡り、三河町に急いだ。

金貸し徳右衛門の家に行く……。

左近は睨んだ。

おこんは、左近の睨み通りに徳右衛門の家を訪れた。

左近は、徳右衛門の家に忍んだ。


金貸し徳右衛門は苛立っていた。

おこんは、険しい面持ちで徳右衛門の前に座った。

「良く来た、おこんさん。堀川にいる巴屋の浪人、始末したんだろうな」

「そいつは、こっちも知りたいんだよ」

「何だと……」

徳右衛門は戸惑った。

「うちの人、昨夜から帰って来ないんだよ」

おこんは、心配に顔を歪めた。

「そっちもか……」

「そっちもって……」

おこんは眉をひそめた。

「昨夜、そっちの仕事が終わったら居座るように浪人を二人、堀川にやったんだが、何の音沙汰もなくなったんだ」

徳右衛門は、腹立たしげに吐き棄てた。

「その二人の浪人、うちの人の邪魔でもしたんじゃあないのかい」

おこんは、徳右衛門を睨みつけた。

「何だと、このあま。そっちが下手を踏んだから、こっちもどうかなっちまったんだぜ」

徳右衛門は怒りを滲ませた。

「下手を踏んだって何の事だい」

おこんは顔を強張らせた。

「殺しに行って、殺られちまったんだよ」

徳右衛門は怒鳴った。

「冗談じゃないよ」

おこんは、声を上擦らせて徳右衛門の頬を平手打ちにした。

甲高い音が鳴り響いた。

「おこん、手前……」

徳右衛門は、おこんを睨みつけた。

「うちの人が殺されるもんか、殺されてたまるか」

おこんは、必死に抑えていた心配を衝かれて混乱した。

「煩(うるせ)え」

徳右衛門は、おこんを殴り飛ばした。

おこんは、壁に叩きつけられて倒れた。髷(まげ)が歪み、着物が乱れた。

「畜生……」

おこんは、帯に隠した匕首(あいくち)を抜いて構えた。

徳右衛門は、思わず怯んだ。

「畜生。うちの人は殺されちゃあいないんだよ……」

おこんは、自分に言い聞かせるように叫び、匕首を構えて徳右衛門に突き掛かろうとした。だが、駆けつけた用心棒の浪人と取立て屋の常吉が、おこんを背後から押さえつけて匕首を取り上げた。

「放せ。放せ……」

おこんは、着物の裾を乱して抗った。

徳右衛門は、取り上げた匕首をおこんの顔に突きつけた。

おこんは仰け反った。

「何が始末屋だ。高い金を取りやがって……」

徳右衛門は罵り、匕首の刃をおこんの頰に走らせた。

おこんは、眼を見開いて徳右衛門を睨みつけた。

頰が薄く切られ、血が糸のように浮かんだ。

「殺せ……」

おこんは、思わず口走った。

「ああ。望み通りにしてやるぜ」

徳右衛門は、嘲笑を滲ませて匕首を構えた。

刹那、用心棒の浪人と常吉の背後に左近が現れた。

徳右衛門が驚いた。

左近は、用心棒の浪人と常吉の首筋に手刀を素早く打ち込んだ。用心棒の浪人と常吉は、左近の顔を見定める事も出来ず、呆気なく意識を失って崩れ落ちた。

一瞬の出来事だった。

徳右衛門は怯み、慌てて逃げようとした。

左近は、徳右衛門の行く手を素早く塞いだ。

徳右衛門は、恐怖に激しく震えた。

左近は、徳右衛門の肉に溢れた顔を両手で押さえ、冷たく笑い掛けた。

徳右衛門の眼に絶望が溢れた。

次の瞬間、左近は徳右衛門の肉に埋もれた短い首をへし折った。

乾いた音が小気味良く鳴った。

徳右衛門は、眼を見開いたまま絶命して倒れ、家を揺らした。

おこんは、息を荒く鳴らしてへたり込んだ。

「長居は無用だ」

左近は、おこんを伴って徳右衛門の家を出た。

金貸し徳右衛門は死んだ。

屋根船は昌平橋の船着場を離れ、神田川の流れを下った。

流れの煌めきは、障子に眩しく映えていた。

「掠り傷だ。直ぐに治るし、痕は残らない」

左近は、おこんの頬の傷を手当てした。

「ご造作を掛けて、すみません……」

おこんは礼を述べた。

「礼には及ばぬ」

「でも旦那、どうして徳右衛門を……」

おこんは、左近に警戒の眼差しを向けた。

「始末屋を差し向けた礼をしたまでだ」

「じゃあ……」

おこんは、思わず身構えた。

「心配するな。私を始末したがったのは徳右衛門。お前たちは金で請け負っただけで、私を殺したいほど、恨んではいない筈だ」

左近は笑った。

「旦那……」

「昨夜、私と闘った奴は、何故か闇に消えた」

左近は静かに告げた。

「消えた……」

おこんは戸惑った。

「そうですか……」

「左様、死んではいない」

おこんは、満面に喜びを浮かべた。

「おこん、奴の名は……」

「それが、知らないんです」

おこんは、吐息混じりに項垂(うなだ)れた。

「知らない……」

「ええ。あの人とは二カ月前、両国広小路で出逢いましてね」

おこんは、障子に映える煌めきを眩しげに見つめた。

「両国の広小路で何をしていたんだ」

「さあ、何をしていたって、両国の稲荷堂の縁の下で寝ていたんですよ」

「稲荷堂の縁の下で寝ていた……」

左近は戸惑った。

「物乞いのような姿でね」

寝たきりとなった白虎は、二荒忍びが滅んでから宇都宮藩江戸上屋敷から放り出されたのだ。

寝たきりの白虎は生きる術を持たず、物乞いに落ちぶれるしかなかった。そうして生き続けられたのは、忍びの者として厳しく鍛えた強靭な肉体があったからだ。

左近は読んだ。

「その時、私は始末屋の元締の囲い者になれと脅され、手下たちに追われていて……」

「奴に助けられたのか……」

「ええ。びっくりするほど、強くて。そして……」

左近は読んだ。

「始末屋の元締も斃したか……」

「ええ。それから私と一緒に……」

白虎は、始末屋の元締たちを殺した。そして、おこんと一緒に暮らし、始末屋を始めた。白虎は、始末屋しか出来なかった。人を殺すしか、生きる術を知らなかった。

「始末屋を始めたのか……」

「でも、あの人、何も覚えちゃあいなかった。自分が何処の誰かも……」

おこんは、哀しげな笑みを浮かべた。

白虎は、記憶を失っていた。

左近は、その失った記憶の欠片（かけら）を白虎に与えた。

白虎は、失った記憶を取り戻すために姿を消した。

もしそうだとしたなら、白い虎の本能を呼び覚ましてしまったのかもしれない……。

左近は、微かな緊張を覚えた。

「自分が何処の誰か分からないのは、私も同じ……」

「おこん……」

左近は眉をひそめた。

「子供の頃に人買いに売られ、流れ流れている内に自分が何処の誰かも分からなくなり、覚えているのは、おっ母さんの泣いている顔だけ……」

おこんは、滲む涙を光らせて自分を嘲笑った。

左近は、おこんは、白虎に自分と同じものを感じたのかもしれない……。

おこんを哀れんだ。

「旦那、そろそろ大川ですが……」

船頭が、障子の外から声を掛けて来た。

「じゃあ、大川を横切って本所竪川の一ツ目之橋までやってくれ」

左近は告げた。

船頭は答えた。

「合点です」

「旦那……」

おこんは困惑した。

「頬の傷が治るまで、桜やで大人しくしているんだな」

「えっ……」

おこんは、左近が竪川の一ツ目之橋の袂の小料理屋『桜や』を知っているのに
驚いた。

「では な……」

左近は、素早く障子の外に出て行った。

「旦那……」

おこんは左近を追い、慌てて障子の外に出た。

左近はいなかった。

おこんは、慌てて辺りを見廻した。

屋根船は柳橋の下を潜った。

おこんは、柳橋を去って行く左近に気が付いた。

「旦那……」

おこんは、立ち去って行く左近を呆然と見送った。

屋根船は流れに乗り、神田川から大川に出た。

風は、開け放たれた雨戸から料理屋堀川の中を吹き抜けていた。

「そうですか、金貸し徳右衛門を始末しましたか……」

彦兵衛は、吐息を洩らした。

「拙（まず）かったかな……」

「いいえ。遅かれ早かれ磔獄門になる奴です。ご苦労さまでした」

彦兵衛は、笑顔で左近を労った。

「残るは、奥医師の桂井清玄と妾のおかよですが……」

房吉は、彦兵衛の出方を窺った。

「桂井清玄、徳右衛門が始末屋を雇って仁左衛門旦那を殺めたのを知っているかどうかだ」

「知っていたら……」

「放ってはおかない……」

彦兵衛は冷たく告げた。

「桂井清玄、おそらく徳右衛門のした事は知らないでしょう」

左近は睨んだ。

「あっしもそう思いますぜ」

房吉は頷いた。

「それならそれでいいが、釘を刺しておくさ」

彦兵衛は苦笑した。

「釘ですかい……」

「ああ。奥医師の桂井清玄が町方に若い妾を囲い、料理屋を手に入れようと無理押ししていると、江戸中に触れ廻るってな」

人の口に戸は立てられない。

噂は江戸中に広まり、やがては目付や評定所の知るところとなって、ただでは済まない。

彦兵衛は桂井清玄に逢い、そう釘を刺して料理屋堀川から手を引かせるつもりだ。

身分の高い者ほど、醜聞に弱い……。

彦兵衛は、奥医師桂井清玄の屋敷を訪れた。

左近は、彦兵衛が屋敷内に通されたのを見届けて忍び込んだ。

桂井清玄は、彦兵衛を庭先に通した。

左近は、万一の刻に備えて密かに見守った。

彦兵衛は、桂井清玄が徳右衛門の悪行を知っているかどうか確かめた。桂井清玄は顔色を変えた。

徳右衛門の悪行は知らない……。

彦兵衛は見定めた。そして、徳右衛門が何者かに殺されたと教え、料理屋堀川から手を引くように勧めた。

「堀川から手を引く……」

桂井清玄は眉をひそめた。

「さもなければ……」

彦兵衛は、暗い眼で桂井清玄を見据え、事の次第が江戸中に広まると告げた。

釘は深々と打ち込まれ、桂井清玄は恐怖に震え上がった。

彦兵衛の狙いは当たった。

桂井清玄は項垂れ、料理屋堀川から手を引くと約束した。

不忍池の料理屋堀川は、浜町河岸の料理屋若菜の女将おきぬの預かるところとなった。

「これで、仁左衛門も迷わず成仏出来ます。ありがとうございます」

女将のおきぬと番頭の富次郎は、泣きながら彦兵衛に礼を述べた。

料理屋堀川の一件は、公事訴訟にならず内済で終わった。

浜町堀を吹き抜ける風は爽やかだった。

左近と彦兵衛は、浜町河岸を馬喰町に向かった。

「いろいろ造作を掛けました」

彦兵衛は、左近を労った。

「いいえ……」

左近は小さく笑った。

「ところで左近さん、始末屋は何者なのですか」

彦兵衛は尋ねた。

「彦兵衛どの……」

「触れなければ触れないほど、左近さんは気にしている。そう思いましてね」

彦兵衛は、鋭い睨みを見せた。

「彦兵衛どの、始末屋は二荒忍びの生き残りの白虎でした」

「二荒忍びの白虎……」

彦兵衛は眉をひそめた。

二荒忍びは、於福丸の一件で左近や秩父忍びと死闘を繰り広げた忍びの一族だ。

そして、白虎は左近と闘い、額を打ち据えられて寝たきりとなった男である。

「ええ。白虎は私同様、己の名を始め記憶のすべてを失っていました」

「記憶を……」

「ええ。ですが、私と斬り合い、どうやら記憶の欠片を取り戻したようです」

「で、白虎は今何処に……」

「分かりません」

「分からない……」

彦兵衛は困惑した。

「ですが、白虎は必ず私の前に現れる……」

左近は、浜町堀の流れを眩しげに見つめた。

二荒忍び白虎との闘いは避けられない……。

左近は、覚悟を決めていた。

吹き抜ける風は、左近の鬢の解れ髪を揺らした。

第三章　狸堂異聞

一

不忍池の畔の料理屋『堀川』の暖簾は、浜町河岸の料理屋『若菜』の女将おきぬによって再び掲げられた。

おきぬは、浜町河岸の『若菜』を番頭の富次郎に任せ、堀川の経営に専念した。

料理屋堀川は、おきぬの努力によって次第に繁盛し始めた。

公事宿『巴屋』の主の彦兵衛は、三千石取りの旗本佐久間家の用人藤森兵衛に面談を申し込まれた。

「知り合いなんですか……」

おりんは眉をひそめた。

「いいや」

彦兵衛は首を傾げた。

「気を付けて下さいよ。近頃の公事訴訟は物騒ですからね」

婆やのお春は心配した。

「うん……」

「で、その藤森さまと何処で逢うのですか」

「そいつなんだがね。場所はこっちで決めてくれと云って来てね。不忍池の畔の堀川にしようかと思っているんだが……」

「それがいいわよ。堀川なら便宜を図ってくれるしね」

おりんは賛成した。

「よし……」

彦兵衛は、若い下代見習を旗本佐久間家に走らせた。

風が吹き抜け、不忍池に小波が走った。

彦兵衛は、約束の刻限より早く料理屋堀川に赴き、佐久間家用人の藤森兵衛の来るのを待った。

未(ひつじ)の刻八ツ(午後二時)の鐘が鳴り、約束の刻限になった。

藤森兵衛は、約束通りにやって来た。

女将のおきぬは、藤森を彦兵衛の待っている座敷に案内した。

「公事宿巴屋の彦兵衛にございます」

「拙者は旗本佐久間家家臣の藤森兵衛。いろいろ造作を掛けるな」

藤森は小柄な身体を折り、白髪混じりの小さな髷の頭を下げた。

「いいえ。ま、お一つ……」

彦兵衛は、藤森に酒を勧めた。

「そうか……」

藤森は、嬉しげに猪口を差し出した。

彦兵衛は、藤森の猪口に酒を満たした。

悪い人ではない……。

彦兵衛は、己の猪口に酒を手酌で満たしながら藤森兵衛をそう見た。

「では……」

「うむ」

藤森は、酒を美味そうに飲んだ。

「それで藤森さま、御用とは……」

「うむ、それなのだが、彦兵衛。実は……」

藤森は声を潜めた。

「我が佐久間家に代々伝わる家宝が、密かに売りに出されてな」

「家宝が売りに出された……」

彦兵衛は戸惑った。

「左様。家宝は佐久間家の御先祖さまが、畏れ多くも神君家康公から拝領した葵(あおい)の御紋入りの金の盃でな……」

「そんな大切な家宝がどうして……」

彦兵衛は眉をひそめた。

「それなのだが、いつの間にか何者かに盗み出されたようなのだ」

「いつの間にか、ですか……」

「うむ……」

藤森は、憮然(ぶぜん)とした面持ちで手酌で酒を飲んだ。

佐久間家は、葵の紋入りの金の盃が売りに出されていると聞き、何年かぶりに家宝を出してみる事になった。そして、家宝の葵の紋入りの金の盃がなくなっているのに気付いたのだ。

武家としての緊張感の欠けた家中……。

彦兵衛は呆れた。

売りに出された葵の紋入りの金の盃は、佐久間家に先祖代々伝わる家宝なのだ。

当主の采女は愕然とした。

盗賊に忍び込まれたのは武門の恥辱。事が御公儀に知られると、どのようなお咎めを受けるか分からない。下手をすれば、切腹の上、御家断絶を命じられるかもしれないのだ。

町奉行所に訴え出る訳にはいかない。

佐久間采女は、激しく狼狽えて用人の藤森に何としてでも密かに取り戻せと命じた。

藤森は、伝手を頼って葵の紋入りの金の盃を売り出した者に逢い、盗難に遭ったものだと告げて返却を求めた。だが、売り出した者は、返却に応じなかった。

「返さないと云うのですか……」

「左様。自分は四百両で買ったのだから、五百両で売るだけだと申してな」

「五百両……」

彦兵衛は驚いた。

「うむ。如何に三千石取りの大身旗本と申しても、五百両は大金……」

藤森は顔を歪めた。

「弱味に付け込んで来ましたね」

彦兵衛は睨んだ。

「左様、儂も腹が立って、思わず怒鳴りつけてしまった。そうしたら、家宝を盗まれた間抜けな旗本と言い触らすと言い出しおった」

藤森は、口惜しげに酒を呷った。

相手は佐久間家の弱味を握り、五百両で買い取らせようとしている。

強(したた)かな奴だ……。

「それで藤森さま、その盃を売りに出しているのは、何処の誰なんですか……」

「浅草は駒形(こまがた)堂の傍で骨董屋を営んでいる喜平(きへい)と申す者だ」

藤森は吐き棄てた。

「骨董屋の喜平ですか……」

喜平は真っ当な奴じゃあなく、骨董屋も故買(こばい)屋かもしれない……。

彦兵衛の勘が囁いた。

「彦兵衛、この通りだ……」

藤森は、手をついて彦兵衛に頭を下げた。

「藤森さま……」

彦兵衛は慌てた。

「喜平と話をつけ、我が佐久間家の家宝を取り戻してくれぬか」

藤森は、白髪混じりの小さな髷の頭を下げ続けた。


夜、本所竪川の流れには、舟の明かりが揺れていた。

一ツ目之橋の袂の小料理屋『桜や』は、客で賑わっていた。

左近は、一ツ目之橋の上から桜やを見守った。

桜やに白虎が戻った気配はなかった。

二荒忍びの白虎は、料理屋堀川で左近と斬り合って以来、姿を消したままだった。その時、白虎は己の名と二荒忍びの者だという事を知り、姿を消したのだ。

白虎は、己の素性と昔を探しに行った……。

左近は睨んだ。

白虎は己が何者かを突き止め、二荒忍び総帥の二荒幻心斎を始め、玄武、青龍、朱雀たち仲間の末路を知り、必ず戻って来る。

俺を斃(たお)すために……。

左近は、白虎との対決を覚悟し、己の身辺に気を配り、時々、小料理屋桜やの様子を窺いに来ていた。

小料理屋桜やの戸が開き、女将のおこんが客の職人たちを送って出て来た。職人たちは馴染客らしく、おこんと親しげに言葉を交わして帰って行った。

おこんは、職人たちを見送って夜の町を見廻した。

白虎を捜している……。

左近は、おこんの夜の闇を透かし見る眼差しを読んだ。

白虎が姿を消して以来、おこんに男出入りはなく、今もその帰りを待っている。

左近は、おこんの心根を知った。

おこんは、夜の闇に未練を残して桜やに戻った。

今夜はこれまでだ……。

左近は、竪川沿いの道を大川に向かった。

駒形堂傍の骨董屋の主喜平……。

彦兵衛は、左近と房吉に藤森兵衛の依頼を教えた。

「旦那、佐久間家は先祖代々のお宝がいつ盗まれたのかも分からないのですか……」

房吉は呆れた。

「ああ。天下の御直参、旗本三千石も無様な話だよ」

彦兵衛は苦笑した。

左近は、茶を飲みながら彦兵衛と房吉の話を聞いていた。

「それで旦那、その藤森さまって用人、買い戻すとしたら、幾らまで出せると……」

房吉は眉をひそめた。

「殿さまは、元々は佐久間家の物。金など出す必要はないと云い張っているそうだが、藤森さまは二百両までは何とか出来ると……」

「二百両ですか……」

「うむ。骨董屋の喜平の云い値は五百両。程遠いよ」

「五百両ねえ……」

「ま、どのぐらいまで、云い値を下げられるのか、交渉はしてみるがね」

「旦那、骨董屋の喜平、葵の紋入りの金の盃、誰から買ったと云っているんですか」

房吉は、厳しさを過ぎらせた。

「そいつは決して云わないそうだ」

「旦那、こいつは胡散臭いですぜ」

房吉は睨んだ。

「ああ。そこでだ房吉、喜平との表の交渉は私がやる。お前と左近さんは、裏を探ってみちゃあくれないか」

「あっしは構いませんが……」

房吉は、左近を窺った。

「やりますよ」

左近は、冷えた茶を飲み干した。

大川は満々たる水を湛えて流れていた。

彦兵衛は、房吉や左近と共に蔵前通りを浅草に向かった。駒形堂は浅草広小路の手前にあり、骨董屋『狸堂』はその近くにあった。

「あそこですね」

房吉は、店先に骨董品を並べた骨董屋狸堂を示した。

骨董屋狸堂は薄暗く、繁盛している様子はなかった。

「狸堂だなんて、ふざけた屋号を付けやがって……」

房吉は、狸堂と主の喜平を真っ当な骨董屋だと思っていなかった。

「じゃあ、私は喜平に逢って来るよ」

彦兵衛は、骨董屋狸堂に向かった。

「さあて、あっしたちも始めますか」

「ええ……」

房吉と左近は、聞き込みを始めた。


骨董屋狸堂の薄暗い店内には、これといった骨董品はなかった。

「お待たせしました。こちらにどうぞ」

帳場を片付けた主の喜平が、骨董品を見ていた彦兵衛を呼んだ。

「喜平さん、お忙しいところをお邪魔して申し訳ありませんね」

彦兵衛は、帳場の傍の上がり框(かまち)に腰掛けた。

「いいえ。馬喰町の公事宿巴屋の彦兵衛さんですか……」

喜平は、白髪混じりの長い眉毛を下げ、愛想の良い笑顔を見せた。

彦兵衛は、微かな戸惑いを覚えながら頷いた。

「はい……」

「それで彦兵衛さん、何か御用で……」

喜平は話を促した。

「それなんですがね、喜平さん。葵の御紋入りの金の盃の件でお伺いした次第でしてね」

彦兵衛は、喜平の出方を窺った。

「藤森兵衛さまに頼まれましたか……」

喜平は笑みを浮かべた。

良い勘をしている……。

喜平の愛想の良い笑顔の裏には、油断のならないものが秘められている。

彦兵衛は、己の中に緊張が湧き上がるのを感じた。

蕎麦屋は昼飯時も過ぎ、客は左近と房吉しかいなかった。

左近と房吉は、蕎麦を頼んで聞き込んだ事を話し合った。

骨董屋狸堂喜平の評判は、誰に聞いても驚くほどに良かった。

「良過ぎますよ……」

房吉は、不服げに蕎麦をすすった。

穏やかで誰にでも優しく、労を惜しまない働き者……。

それが喜平の評判だった。

「評判、良過ぎますか……」

左近は、蕎麦を食べ終えて箸を置いた。

「ええ。人なんぞ、好き嫌いもあれば、性が合ったり合わなかったりするものです。それなのに皆が皆、口を揃えて良い人と云うなんて信じられませんよ」

房吉は、威勢良く蕎麦を啜った。

「なるほど……」

「過ぎたるは猶及ばざるが如しって、餓鬼の頃に寺子屋で教わった論語にあるように、遣り過ぎは禁物ですよ」

房吉は蕎麦を食べ終え、出汁を飲んだ。

「ならば、喜平は芝居をしていると……」

左近は茶を飲んだ。

「ええ。善人ぶった芝居をして、本性を隠しているのに決まっています」

房吉は、厳しい睨みをみせた。

房吉の睨みはおそらく正しい……。

左近は頷いた。

「邪魔しますよ」

彦兵衛が入って来て蕎麦屋の亭主に酒を頼み、左近と房吉の傍に座った。

「如何でした……」

「狸堂の喜平、愛想は良いが、一筋縄でいく奴じゃあないね」

彦兵衛は苦笑した。

「やっぱり……」

房吉は身を乗り出した。

「そっちもか……」

「ええ。評判が良過ぎましてね。胡散臭い野郎ですよ」

房吉は吐き棄てた。

「お待たせしました」

蕎麦屋の亭主が酒を持って来た。

彦兵衛たちは酒を飲み始めた。

「彦兵衛どの、金の盃は……」

左近は、言葉少なく尋ねた。

「二百両じゃあ返せないそうですよ」

彦兵衛は苦笑した。

「では、誰が持ち込んで来たかは……」

「そいつは口が裂けても言えないとね」

彦兵衛は、腹立たしげに猪口の酒を呷った。

「旦那、持ち込んだ野郎が盗人なら、喜平の野郎は故買屋です。町奉行所に報せてやりましょうか……」

房吉は酒を啜った。

「そんな真似をすれば、佐久間家の名が表沙汰になるだけだ。出来る相談じゃあない」

彦兵衛は眉をひそめた。

「ならば、どうします」

「故買屋なら盗人と連んでいる筈。その辺をはっきりさせ、叩き潰して取り戻すしかありますまい……」

彦兵衛は、厳しさを滲ませた。

「じゃあ、狸堂を見張りますか……」

房吉は眉をひそめた。

「うむ。清次を寄越す。面倒だが、二人で見張ってくれ」

彦兵衛は命じた。

「はい」

房吉は頷いた。

「彦兵衛どの、私は……」

左近は、指示を仰いだ。

「左近さんには、佐久間家から金の盃を盗み出した盗人を捕らえてもらいます」

「盗人を……」

左近は眉をひそめた。

「ええ。佐久間家には盗人の手引きをした奴がいる筈。まずはその辺から追って下さい」

彦兵衛に抜かりはなかった。

「ならば、良い手がある……」

左近は薄く笑った。


旗本三千石の佐久間家の屋敷は、神田駿河台淡路坂をあがった処にあった。

彦兵衛は、佐久間屋敷を訪れて用人の藤森兵衛に面会を求めた。

藤森兵衛は、彦兵衛を用部屋に通した。

「彦兵衛、屋敷に来るのは……」

藤森は眉をひそめた。

「藤森さま、その前にお人払いを……」

彦兵衛は、廊下に控えている家来を気にした。藤森は、緊張した面持ちになり、家来に座を外すように告げて障子を閉めた。


四半刻が過ぎ、彦兵衛は佐久間屋敷から出て来て淡路坂を下った。若い家来が裏手から現れ、強張った顔で彦兵衛を追った。

左近が現れ、彦兵衛と若い家来を追った。

狙い通り誘い出されて来た……。

左近は苦笑した。

二

淡路坂から神田八ツ小路に出た彦兵衛は、神田川を渡らずに柳原通りを両国広小路に向かった。

若い家来は、彦兵衛を尾行した。

左近は、彦兵衛を尾行る若い家来を追った。

柳原通りには柳が連なり、緑の葉が風に揺れていた。

彦兵衛は、神田川に架かる和泉橋の手前にある柳森稲荷の鳥居を潜った。

若い家来は彦兵衛を追い、足早に柳森稲荷に向かった。

左近は、嘲りを浮かべた。

柳森稲荷の境内は閑散としており、彦兵衛の姿は見えなかった。

若い家来は狼狽え、彦兵衛を捜して稲荷堂の裏手に廻った。

裏手の雑木林に彦兵衛はいた。

彦兵衛は振り返り、若い家来に嘲笑を投げ掛けた。

若い家来は、慌てて木陰に潜(ひそ)んだ。次の瞬間、音もなく背後に現れた左近が、若い家来の背中を突き飛ばした。若い家来は、草の茂みに顔から倒れ込んだ。

左近は、慌てて起き上がろうとする若い家来を素早く押さえ込んだ。

若い家来は抗い、必死に逃れようとした。だが、それは儚(はかな)い抵抗だった。左近は、容赦なく若い家来の腕を捩(ね)じ上げた。若い家来は激痛に呻いた。

「下手な抗いは、腕を駄目にするだけだ……」

左近は囁いた。

若い家来は、恐怖に震えて抗いを止めた。

「名は……」

「も、森山孝之助(もりやまこうのすけ)……」

「旗本佐久間家家中の森山孝之助か……」

左近は嘲りを滲ませた。

主家の名を知っている……。

森山は震え上がった。

「森山、お前、佐久間屋敷に盗賊を手引きしたな」

森山は凍てついた。

「そして、盗賊は葵の紋入りの金の盃を盗んだ。相違あるまい……」

森山孝之助は、彦兵衛が葵の紋入りの金の盃の件で藤森を訪れたと知り、その素性を突き止めようと後を追って来たのだ。

左近は、森山の腕を捩じ上げる手に力を込めた。森山の腕の骨は、軋みをあげた。

「や、止めてくれ……」

森山は、激痛に顔と身体を苦しく歪めた。

「止めてほしければ、正直に話すしかない」

左近は冷たく突き放し、尚も森山の腕を責めた。

「知らなかった。盗賊が金の盃を盗むとは知らなかったんだ」

森山は、苦しさに声を絞り出し、盗賊を手引きしたのを認めた。

「盗賊、何処の誰だ……」

「し、知らぬ……」

「惚(とぼ)けるんじゃあない」

左近は冷たく笑った。

「本当だ。本当に知らないのだ」

森山は泣き出した。

「ならば、どんな盗賊を手引きしたのだ」

左近は、腕を捩じ上げる手の力を緩めた。

「白髪混じりの年寄りだ」

森山は、大きな吐息を洩らした。

「白髪混じりの年寄り……」

左近は眉をひそめた。

「狸堂の喜平かもしれません」

彦兵衛は、左近に囁いた。

「森山、白髪混じりの年寄りの家は何処だ」

「知りません……」

「ならば、どうして手引きをした」

「博奕に負けて借金を作り、証文を持って屋敷に取立てに来られたくなければ、手引きしろと……」

森山は啜り泣いた。

「博奕の借金の形(かた)……」

森山孝之助は、博奕で負けて作った借金の形に主家の家宝を盗む手引きをした。

左近と彦兵衛は、呆れて思わず顔を見合わせた。

駒形町(こまがたちょう)の骨董屋狸堂に、客は滅多に訪れなかった。

房吉は、狸堂の斜向(はす)かいの荒物屋の屋根裏部屋を借り、窓から見張りを始めた。

屋根裏部屋の窓からは、骨董屋の狸堂が良く見えた。

房吉は見張った。

「房吉の兄貴……」

巴屋の下代の清次が、風呂敷包みを持って屋根裏部屋にあがって来た。

「やあ、良く来てくれたな」

「いいえ。おりんさんが作ってくれた弁当とお茶です」

清次は、風呂敷包みから幾つかの折り詰めと竹筒を取り出した。

「こいつはありがてえ……」

「じゃあ、代わりますよ」

清次は、房吉と窓からの見張りを交代した。

房吉は、竹筒の茶を飲み、折り詰めの弁当を食べ始めた。

薄汚れた衣の托鉢坊主は、破れた饅頭笠をあげて清次の入った荒物屋を見上げた。

清次の顔が、荒物屋の屋根裏部屋の格子窓の中に見えた。

托鉢坊主は嘲笑を浮かべた。

清次は、馬喰町の公事宿巴屋から尾行されていた。

「房吉の兄貴。狸堂の喜平、白髪混じりの父っつぁんですか……」

「ああ、そうだ。店から出て来たか……」

「ええ。店先の骨董品を片づけていますよ」

「なに……」

房吉は、折り詰めを置いて窓辺に寄った。

喜平が、店先の骨董品を店の中に仕舞っていた。

「早仕舞いですかね」

清次は眉をひそめた。

「出掛けるのかもしれない」

房吉は睨んだ。


佐久間屋敷に入り、葵の紋入りの金の盃を盗み出した盗賊は喜平自身だった。

左近は、森山孝之助を彦兵衛に任せ、再び浅草駒形町に向かった。

柳森稲荷を出て神田川に架かる和泉橋を渡り、下谷御徒町（おかちまち）の通りを進んだ。そして、東に曲がり、大名屋敷の間の道を三味線堀に抜け、浅草駒形町の狸堂に急いだ。

骨董屋狸堂から喜平が現れ、店の戸締まりをして出掛けた。房吉と清次が、荒物屋から出て来て喜平を追った。

托鉢坊主は、冷笑を浮かべて見送った。

骨董屋狸堂は店を閉めており、喜平がいる様子はなかった。

左近は、店の前に佇んで辺りを見廻した。

房吉か清次が見張っていれば、左近に気付いて繋ぎを取って来る筈だ。

左近は待った。しかし、房吉と清次の繋ぎはなかった。

喜平が出掛け、房吉と清次は尾行して行った……。

左近は睨んだ。

刹那、激しい殺気が左近を襲った。

左近は、咄嗟に物陰に潜んだ。

錫杖（しゃくじょう）が飛来し、左近のいた処に突き刺さって胴震いをした。

忍び……。

左近は、物陰に潜んで錫杖の投げられた場所を探した。そして、地を蹴って宙に高々と飛んだ。

忍びの者は、駒形堂の屋根の上から宙に飛んだ左近に手裏剣を投げた。

左近は、飛来する手裏剣を無明刀で叩き落とし、そのまま忍びの者に向かって落下した。

忍びの者は、慌てて忍び刀を抜いた。

刹那、左近は忍びの者に無明刀を斬り下げた。

無明刀が煌めき、忍びの者の刀が弾き飛ばされ、大きく飛んで大川に落ちた。

忍びの者は手裏剣を放ち、駒形堂の屋根から大きく飛んだ。だが、左近は許さず、無明刀を一閃した。忍びの者は、背中から血を迸らせて大川の流れに飛び込んだ。

水飛沫には赤い血が混じっていた。

二荒忍び……。

忍びの者は二荒忍びなのだ。

左近は睨んだ。

白虎が帰って来た……。

左近の勘が囁いた。

大川からの風は冷たく吹き抜けた。

浅草広小路は、浅草寺の参拝客や遊びに来た者で賑わっていた。

喜平は、浅草広小路の人混みを抜けて大川沿いの花川戸町に入った。

房吉と清次は尾行した。

喜平は、花川戸町の船宿に入った。

房吉と清次は、物陰から見送った。

「舟に乗るつもりですかね」

清次は眉をひそめた。

「きっとな……」

房吉は頷いた。

「じゃあ、こっちも舟を仕度しますか」

「そうしてくれ」

「合点だ」

清次は、浅草広小路から吾妻橋に続く道の向こうにある竹町の渡し場に走った。

喜平が、船宿の女将に案内されて船着場に現れた。そして、繋がれていた屋根船の障子の内に乗り込んだ。

船頭は、障子の内の喜平に声を掛け、屋根船を大川に出した。

房吉は、慌てて船着場に降りた。

「兄貴……」

清次の乗った猪牙舟が、滑り込むように船着場に入った。

房吉は、素早く猪牙舟に乗り込んだ。

喜平の乗った屋根船は、大川の上流に進んだ。

房吉と清次の乗った猪牙舟は追った。

大川を遡る舟の舳先は、流れを切り裂いて水飛沫を煌めかせた。

屋根船は、大川を斜めに遡って向島に向かった。そして、向島の堤の下にある竹屋ノ渡に舳先を向けた。

「向島ですかね……」

「さあて、屋根船ってのが気になるな」

一人で浅草から向島へ行くのに屋根船を使うか……。

房吉は首を傾げた。

屋根船は、竹屋ノ渡に近付いた。

竹屋ノ渡には、羽織袴の若い武士が佇んでいた。

屋根船は、竹屋ノ渡に船縁を寄せた。羽織袴の若い武士は、屋根船に乗り込んで障子の内に入った。

屋根船は、舳先を大川の下流に向けた。

「兄貴……」

「うん……」

房吉と清次の乗る猪牙舟は、喜平と羽織袴の若い武士を乗せた屋根船を追った。

屋根船は大川を下った。

「あの侍、何処の誰なんですかね」

「そして、喜平と何を話しているのかだ」

房吉と清次の猪牙舟は、屋根船を追って大川を下った。そして、吾妻橋と両国橋を潜り、新大橋に近づいた時、屋根船は舳先を船着場に向けた。

「屋根船を降りるのかもしれませんね」

清次は身を乗り出した。

屋根船は、新大橋の船着場に船縁を寄せた。

羽織袴の若い武士が、障子の内から現れて屋根船から降りた。そして、屋根船は喜平を乗せたまま上流に舳先を向けた。

「どうします」

「侍は俺が追う。喜平を頼む」

「合点です」

「無理はするんじゃあねえぞ」

房吉は、船着場に降りて羽織袴の若い武士を追った。

清次の乗った猪牙舟は、屋根船を追って大川を遡った。

羽織袴の若い武士は、大名屋敷の連なる大川沿いの道を浜町堀に向かった。

房吉は、慎重に尾行した。

羽織袴の若い武士は、深刻な顔で重い足取りだった。

喜平とどのような話をしたのか……。

房吉は戸惑った。

いずれにしろ、喜平に拘わりがあるのだ。

房吉は睨んだ。

羽織袴の若い武士は、浜町堀に架かっている川口橋(かわぐちばし)を渡って大名屋敷に入った。

房吉は見届けた。

羽織袴の若い武士は、おそらくこの屋敷の大名家の家臣なのだ。

何処の大名だ……。

房吉は、辺りを見廻して聞き込む相手を捜した。

小料理屋『桜や』の女将のおこんは、店を開ける仕度をしていた。

店の中と表の掃除をして水を打ち、料理の仕込みをする。

おこんは、忙しく働いた。

左近は見守った。

おこんの動きには、かつて白虎のいた店の二階を気にする素振りはなかった。

白虎は、小料理屋桜やに戻っていない。

左近は見定めた。

白虎が、江戸にいるのはおそらく間違いない。そして、二荒忍びの左近襲撃に拘わっているならば、白虎は失った昔を取り戻したのかもしれない。

もし、白虎が己の名や素性、昔を取り戻したなら、左近に必ず報復して来る。

二荒忍びの駒形堂での襲撃は、左近の腕を試すためのものに過ぎない。

左近は、そう睨んでいた。

竪川は長閑に流れていた。

骨董屋狸堂に明かりが灯された。

清次は、荒物屋の屋根裏部屋の窓から見張りながら、訪れた彦兵衛に昼間の出来事を報せた。

「で、喜平は花川戸の船宿で屋根船を降りて家に戻ったか……」

彦兵衛は、窓から骨董屋狸堂の明かりを見つめた。

「はい。それっきりです」

「羽織袴の若い侍が何処の誰かだな……」

「ええ……」

梯子(はしご)段を鳴らして房吉が戻って来た。

「やあ。ご苦労だね」

彦兵衛は迎えた。

「こりゃあ旦那……」

「兄貴、喜平は真っ直ぐ狸堂に戻りましたぜ」

「そうか……」

「で、羽織袴の若い侍、何処の誰か分かったんですか……」

清次は、狸堂を気にしながら尋ねた。

「うん。あの侍、早川又五郎(はやかわまたごろう)って名前で、上総国高中藩(かずさのくにたかなかはん)の家来だったよ」

「御大名の家来ですか……」

「ああ、浜町河岸の江戸上屋敷に詰めている家来だったよ」

房吉は、聞き込んで突き止めた事を伝えた。

「上総国高中藩の家来ねえ……」

彦兵衛は眉をひそめた。

「喜平の野郎、高中藩の家来の早川又五郎と何をこそこそ話していたのか……」

房吉は吐き棄てた。

「ひょっとしたら、その早川又五郎、喜平に弱味を握られ、脅されているのかもしれない」

彦兵衛は、厳しさを滲ませた。

「脅されている……」

房吉は眉をひそめた。

「ああ。実はな、佐久間家から盗まれた葵の紋入りの金の盃だが……」

「何か分かったんですか……」

「うむ。喜平が佐久間家の家来を脅しての仕業だったよ……」

彦兵衛は、佐久間家の家来の森山孝之助が白状した事を語って聞かせた。

「その森山って家来、情けねえ野郎ですね」

清次は呆れた。

「じゃあ旦那、ひょっとしたら高中藩の早川又五郎も喜平に……」

房吉は、早川又五郎の深刻な顔と重い足取りを思い出した。

「ああ……」

彦兵衛は、厳しい面持ちで頷いた。

早川又五郎は、喜平に弱味を握られて脅され、押し込みの手引きを命じられたのかもしれない。彦兵衛、房吉、清次は、様々な想いを巡らせた。

「ところで旦那、左近さんは……」

「こっちに来た筈なんだが、逢わなかったか」

「ええ……」

「そうか……」

彦兵衛は、不吉な予感を覚えた。

大川を行く舟の櫓の軋みが、夜空に甲高く響いた。

三

夜の大川の流れには、舟の明かりが幾つも映えていた。

左近は吾妻橋を渡り、大川沿いの道を駒形堂に向かった。

大川沿いの道は、夜でも人の行き交う広小路とは違って静かだった。

左近は進んだ。

夜の闇に駒形堂が浮かんだ。

不意に殺気が湧いた。

左近は、咄嗟に闇に身を潜め、気配を消して周囲を窺った。

殺気は周囲の闇をゆっくりと縮め、押し包んで来る。

俺に向けられた殺気……。

左近は身構えた。

二荒忍び……。

左近は、殺気を放つ者たちが何者か睨んだ。

白虎はいるのか……。

左近は、迫る殺気の中に白虎を見定めようとした。

刹那、周囲の闇から手裏剣が左近に殺到した。左近は身を伏せ、物陰に潜んで躱した。二荒忍びたちは闇に潜んで姿を見せず、手裏剣だけの攻撃を続けた。

手裏剣は執拗に飛来し、左近に反撃する刻を与えなかった。

囲みから脱しなければならない……。

次の瞬間、左近は地を鋭く蹴り、駒形堂の屋根に向かって大きく飛んだ。そして、駒形堂の屋根に降りた。

背後に闇を引き裂く音が短く鳴った。

左近は、反射的に無明刀を背後の闇に閃かせた。

甲高い金属音が闇に鳴った。

左近は素早く振り返り、闇を見据えて無明刀を構えた。

忍びの者が闇に浮かんだ。

左近は見据えた。

忍びの者は、額に虎の顔の入った鉢金を巻き、千鳥鉄(ちどりがね)を構えていた。

白虎……。

左近は、闇に浮かんだ白虎を見つめた。

「日暮左近……」

白虎は、嗄れ声で左近の名を呼んだ。

「蘇ったか、白虎……」

「二荒忍びの恨み、晴らしにな……」

白虎は、己が何処の誰かを思い出していた。

左近は、己の睨みが正しかったのを知った。

二荒忍びたちが、左近の背後を固めた。

記憶を取り戻した白虎は、二荒忍びの生き残りを集めた。

左近は取り囲まれた。

白虎は、千鳥鉄の先の鋭い鉤爪（かぎづめ）を廻しながら左近に躙（にじ）り寄った。千鳥鉄とは、二尺ほどの鉄筒に鎖を通し、その先に鋭い鉤爪をつけた武器だ。白虎は、千鳥鉄を廻しながら左近に躙り寄った。

千鳥鉄は、闇を引き裂く短い音を鳴らした。

左近は、無明刀を青眼に構えた。

白虎は、千鳥鉄を廻しながら迫った。

鎖の先の鉤爪は間合いを詰め、左近の見切りの内に入った。

左近は、後退して間合いを取ろうとした。だが、背後を固めている二荒忍びは、左近が間合いを取るのを許さなかった。

包囲から脱するには、夜空に飛ぶしかないのか……。

白虎の鉤爪は鈍色（にびいろ）に輝き、闇を鋭く引き裂きながら左近の隙を窺っている。

左近は気付いた。

夜空に飛ぼうとする瞬間に出来る隙を衝き、千鳥鉄の鉤爪は叩き付けられる。

白虎は、飛ぶ刻を待っている。

左近は追い詰められた。

千鳥鉄は迫った。

白虎は笑った。子供のような邪気のない嬉しげな笑いだった。

刹那、左近は廻る千鳥鉄を潜り、白虎の懐に飛び込んだ。

白虎は、左近の予想外の動きに不意を衝かれて思わず千鳥鉄の鉤爪を放った。

千鳥鉄の鉤爪は、駒形堂の屋根瓦を打ち砕いた。

左近は、白虎の脇を駆け抜けて駒形堂の屋根を蹴った。そして、夜空を大きく舞って大川に飛び込んだ。

左近は大川に音もなく吸い込まれ、水飛沫が僅かに煌めいた。

二荒忍びたちは、左近を追って大川に飛び込もうとした。

「それには及ばぬ……」

白虎は止めた。

二荒忍びたちは戸惑った。

白虎の勘は、配下の忍びたちが左近を見失うと告げていた。

「散れ……」

白虎は命じた。

二荒忍びたちは、次々と闇に消え去った。

白虎は、駒形堂の屋根に一人佇んだ。

「日暮左近……」

白虎の虎の顔の入った鉢金は、青白い輝きを妖しく放った。

大川に映える月影は、静かな流れに揺れ続けた。


馬喰町の公事宿巴屋は寝静まっていた。

左近は、周囲に異常がないのを見定めて公事宿巴屋の屋根に忍んだ。

彦兵衛は、有明行燈(ありあけあんどん)の小さな明かりを受けて眠っていた。

左近は、彦兵衛を静かに揺り動かした。

彦兵衛は眼を覚ました。

「私です……」

左近は囁いた。

「何かありましたか……」

彦兵衛は、緊張した面持ちで身を起こした。

「二荒忍びの白虎が現れましてね……」

「白虎が……」

彦兵衛は眉をひそめた。

「ええ……」

左近は、白虎が記憶を取り戻して襲撃して来た事を告げた。

「そうでしたか……」

彦兵衛は、不吉な予感を思い出した。

「それで、喜平はどうしました」

左近は尋ねた。

「今度は上総国高中藩を狙っているようです」

「高中藩……」

左近は眉をひそめた。

「ええ。喜平の奴、早川又五郎って家来の弱味を握り、脅しているようです」

そして、喜平は早川又五郎に手引きをさせて高中藩江戸上屋敷に忍び込み、金か家宝を盗み出す企みなのだ。

「もし、それが確かならどうします」

「最早、話し合いや容赦は無用。佐久間家の家宝を取り戻すまでです」

彦兵衛は苦笑した。

「分かりました。ならば、高中藩の早川又五郎と……」

「明日にでも逢ってみるつもりです」

「じゃあ、私も一緒に……」

「白虎の方は……」

「喜平を片づけてから決着をつけます」

左近は、小さな笑みを過ぎらせた。


骨董屋狸堂は店を開けた。

喜平は、店先に骨董品を並べ、最後に大きな信楽焼（しがらき）の狸を飾った。

「あれが、屋号の謂れ（いわ）かな……」

清次は苦笑した。

「どうした」

房吉は、窓辺で狸堂を見張っていた清次に並んだ。

「あの信楽焼の狸ですよ」

清次は、喜平が店先に置いた信楽焼の大きな狸を示した。

「狸堂の看板かな……」

房吉は笑った。

「でも兄貴、看板ならどうして今まで、飾らなかったんですかね」

清次は首を捻った。

「それもそうだな……」

房吉は眉をひそめた。

やって来た着流しの浪人が、被っていた塗笠をあげて狸堂の店先の信楽焼の狸を見つめた。

「兄貴……」

「うん……」

房吉と清次は、戸惑った面持ちで浪人を見守った。

着流しの浪人は、塗笠を目深に被り直して来た道を戻って行った。

房吉と清次は見送った。

「何か妙ですね」

「ああ。清次、信楽焼の狸、ひょっとしたら何かの符牒なのかもしれねえぞ」

房吉は眉をひそめた。

浜町堀は川口橋の下を抜け、大川の三ツ俣(みつまた)に流れ込んでいた。

彦兵衛は、高中藩江戸上屋敷を訪れ、喜平の使いだと云って早川又五郎を呼び出した。

早川又五郎は、強張った面持ちで門前に出て来た。

「早川又五郎さまにございますか……」

彦兵衛は笑い掛けた。

「お、おぬしが……」

早川は、彦兵衛に怯えた眼を向けた。

「狸堂喜平の使いです」

彦兵衛は、笑いを消して早川を見据えた。

「な、何の用だ……」

早川は、怯えを過ぎらせた。

「お手間は取らせません。ちょいとお付き合い願います」

彦兵衛は、早川を促すように歩き出した。

早川は、重い足取りで続いた。


船着場に繋がれた屋根船は、流れに揺れていた。

「どうぞ……」

彦兵衛は、屋根船に乗るように早川を促した。早川は、覚悟を決めたように屋根船に乗り、障子の内に入った。

障子の内には左近がいた。

早川は怯んだ。

彦兵衛が障子を閉めた。

「な、何だ……」

早川は、恐怖に声を上擦らせた。

「まあ、落ち着くんだね」

彦兵衛は、嘲りを滲ませた。

「約束は今夜だ。今夜の筈だ……」

早川は、恐怖に震えて口走った。

「今夜。今夜、何があるのだ……」

彦兵衛は、早川を厳しく見据えた。

早川は戸惑った。

「お前たち、喜平の……」

「早川さん。お前さん、狸堂の喜平に弱味を握られ、上屋敷に忍び込む手引きをしろと脅されているね」

彦兵衛は、早川の立場を読んだ。

早川は、戸惑った面持ちで彦兵衛を見つめた。

「私たちは喜平の使いじゃあない……」

早川は、思わず逃げ出そうとした。しかし、左近が素早く早川を押さえ、その頰に平手打ちを加えた。

早川は蹲(うずくま)った。

「喜平に押し込みの手引きをする約束をしたな」

左近は尋ねた。

早川は、苦しげに頷いた。

「そいつが今夜か……」

左近は睨んだ。

早川は、悄然と項垂れた。

今夜、喜平は早川の手引きで高中藩江戸上屋敷に押し込む……。

左近と彦兵衛は、喜平の企みを知った。

早川は、深々と吐息を洩らした。

「早川さん、お前さん、どんな弱味を喜平に摑まれたんだ」

「それは……」

早川は声を震わせた。

「先祖代々奉公してきた高中藩の上屋敷に盗人を忍び込ませるのだ。それなりの訳がある筈だ」

左近は、早川を冷たく見据えた。

「拙者が昵懇にしている娘の父親が病になって金が要り用になり、それで……」

早川は、苦しげに顔を歪めた。

「それでどうした……」

「藩がまとめて買った香炉や茶道具などを密かに持ち出し、骨董屋に売って金を

「……」

早川は、藩の物を横流しした。

「その骨董屋が狸堂だったのか……」

「はい。喜平は思った以上に高値で買い取ってくれて……」

おそらく喜平は、早川が持ち込んだ香炉や茶道具が藩の物だと見抜き、弱味を握ったのだ。

「付きまとい始めたか……」

「はい。そして、上屋敷に忍び込む手引きをしろと……」

早川は、深々と溜息を洩らした。

左近と彦兵衛は、早川の苦衷を知った。

いずれにしろ今夜、喜平は早川の手引きで高中藩江戸上屋敷に押し込むのだ。

「で、どうします」

左近は、彦兵衛の出方を窺った。

「先手を打ちますか……」

「そいつがいいようですね」

左近は笑った。

薬売りの行商人は、骨董屋狸堂の店先の信楽焼の狸を見て足を止め、通り過ぎて行った。

「房吉の兄貴……」

清次は眉をひそめた。

「二人目か……」

信楽焼の狸を見て足を止めたのは、塗笠の浪人に続いて薬売りが二人目だった。

「ええ。やっぱり何だか妙ですよ」

「よし、ちょいと突っついてみるか。清次、見ていな……」

「は、はい……」

房吉は、清次を残して荒物屋の屋根裏部屋を降りて行った。

清次は、戸惑った面持ちで見送った。

「お邪魔しますよ」

房吉は、骨董屋狸堂の薄暗い店内に入った。

「いらっしゃい……」

帳場にいた喜平は、値踏みするような眼で房吉を見た。

「ちょいと聞きたいんだが。表に飾ってある信楽焼の大きな狸、幾らですかい」

房吉は、喜平に笑顔で尋ねた。

「狸……」

喜平は戸惑った。

「ええ……」

房吉は頷いた。

「狸、どうするんだい」

「狸屋って飯屋を始めましてね。店の看板にいいなと思ってね。幾らですかい」

「兄さん、申し訳ないが、あの信楽焼の狸、売り物じゃあないんだよ」

「売り物じゃあない……」

房吉は眉をひそめた。

「ああ。せっかくだけど、すまないな」

「そうか。売り物じゃあないのか……」

房吉は苦笑した。

房吉は、荒物屋の屋根裏部屋に戻った。

彦兵衛が、茶を啜っていた。

「こりゃあ旦那……」

房吉は挨拶をした。

「信楽焼の狸、何か分かったかい」

彦兵衛は、清次から房吉の動きを聞いていた。

「そいつが旦那、あの狸、売り物じゃあなかったんですよ」

「狸堂の看板か……」

「喜平がそう云うんですがね。清次が看板なら今までに飾ってないのが妙だと云いましてね」

「売り物でも看板でもないか……」

彦兵衛は眉をひそめた。

「兄貴、売り物じゃあないとなると、兄貴の睨み通り、何かの符牒かもしれませんね」

清次は睨んだ。

「符牒……」

彦兵衛に厳しさが過ぎった。

「ええ、今までに浪人と薬売りが気にして行きましてね。それで気になったんですが……」

「なるほど。房吉、清次。喜平は今夜、早川又五郎の手引きで高中藩江戸上屋敷に押し込む手筈だ。信楽焼の狸は、そいつを仲間の盗人に報せる符牒だよ」

彦兵衛は、事態を読んだ。

「じゃあ……」

房吉は、緊張を滲ませた。

「うん。浪人と薬売り、喜平一味の盗人に間違いない」

彦兵衛は睨んだ。

「吹き玉や、吹き玉や……」

しゃぼん玉売りの声が、昼下がりの町に長閑に響いた。

無明刀は鈍色(にびいろ)に輝いた。

盗賊の狸堂喜平を片付け、白虎と勝負をつける……。

刻が掛かれば掛かるほど、白虎たち二荒忍びは公事宿巴屋の者たちを狙い始める。

そうはさせぬ……。

左近は、手入れの終えた無明刀を鋭く一閃させた。

四

大川は夕暮れに覆われ、行き交う舟に船行燈の明かりが灯り始めた。

喜平は、信楽焼の狸などの骨董品を片付けて骨董屋狸堂を閉めた。

「さあて、盗人が集まる前に片付けるか……」

彦兵衛は、房吉や清次と荒物屋の屋根裏部屋から骨董屋狸堂を見張っていた。

公事宿巴屋としては、旗本佐久間家の家宝である葵の紋入りの金の盃を速やかに取り戻すのが仕事であり、盗賊をお縄にする事ではない。

彦兵衛は、喜平の正体を暴いて金の盃を取り戻すつもりだ。だが、盗賊の喜平が易々と認める筈はない。その時は、情け容赦なく始末するまでだ。

「旦那、左近さんは……」

房吉は眉をひそめた。

彦兵衛、房吉、清次の三人だけでは、喜平たち盗賊に対応するのは無理だ。左近がいるからこそ出来る事なのだ。

「日が暮れたら来る手筈だ。いや、もう来ているのかもしれない」

彦兵衛は、狸堂を包んだ夜の闇を見廻した。

夜の闇は静けさに満ち、重く沈んでいた。

彦兵衛は、狸堂の屋根の上を透かし見た。

狸堂の屋根に黒い人影が浮かんだ。

左近だ……。

彦兵衛は見定めた。

「さあて、行くよ」

彦兵衛は、荒物屋の屋根裏部屋から降りた。

房吉と清次は、金箱を持って続いた。

喜平は苛立った。

よりによって押し込みの前に来るとは……。

喜平は、苛立ちを隠して彦兵衛に対した。

「彦兵衛さん、これからちょいと出掛けますので、申し訳ありませんが、手短に……」

「それはそれは、お忙しいところを申し訳ありませんが、葵の御紋入りの金の盃のお代、五百両を用意して参りました。どうか、お手間は取らせませんので……」

「五百両、用意して来たのですか……」

「ええ。おい……」

彦兵衛は、房吉と清次を促した。

房吉と清次は返事をし、金箱を運び込んで来た。

「お見せしな」

「へい」

清次は、金箱の蓋を開けた。

包み金が整然と納められていた。

喜平は眼を細めた。

「佐久間家御用人の藤森さまが、ようやく集められた五百両です。どうか金の盃、買い戻させては戴けませんか……」

彦兵衛は頼んだ。

「えっ、ええ……」

そろそろ子分たちがやって来る刻限だ。

さっさと帰さなければならない……。

喜平は焦った。

「分かりました。葵の御紋入りの金の盃、買い戻していただきましょう」

「ありがとうございます」

彦兵衛は喜んだ。

「じゃあ、ちょいとお待ちを……」

喜平は、店の奥に入って行った。

「旦那……」

房吉は嘲りを浮かべた。

「うむ……」

彦兵衛は頷いた。

「急げ、清次……」

房吉と清次は、金箱に並べた包み金を革袋に入れた。包み金の下は上げ底だった。

「お待たせしました」

喜平が、桐箱を持って来た。

「これですか……」

彦兵衛は、桐箱を見つめた。

「はい」

喜平は、桐箱の蓋を開け、中から袱紗（ふくさ）に包んだ金の盃を慎重に出した。

金の盃の底には、葵の紋所が彫り込まれていた。

「これが、一緒に入っていた権現さまの御墨付と折紙にございます」

喜平は、二通の書付けを彦兵衛に渡した。

彦兵衛は、神君家康公の御墨付と折紙を確かめた。

「確かに……」

彦兵衛は、葵の紋入りの金の盃を御墨付や折紙と一緒に桐箱に入れ、房吉に渡した。

「旦那、じゃあ……」

「うん」

彦兵衛は頷いた。

房吉は桐箱を抱え、清次と一緒に狸堂から出て行った。

彦兵衛は、藤森兵衛の依頼に応え、旗本佐久間家の家宝を取り戻した。

「彦兵衛さん、では……」

喜平は、笑みを浮かべて金箱の蓋を開けた。そして、次の瞬間に愕然とした。

「こ、これは……」

喜平は、愕然とした顔を醜く一変させた。

「狸堂喜平。お前さんが盗人で、大名旗本の家来の弱味を握り、押し込みの手引きをさせているのは分かっているんだよ」

彦兵衛は苦笑した。

「彦兵衛、手前……」

喜平は、醜く歪めた顔を怒りに震わせて匕首を抜き払った。

「本性を見せたね、喜平……」

「煩（うるせ）え……」

喜平は、怒りを滾（たぎ）らせた。

「どうしました、お頭……」

浪人と遊び人が、怪訝（けげん）な面持ちで入って来た。昼間、信楽焼の狸に眼を止めた塗笠の浪人と薬売りの行商人だった。

「殺せ、この野郎を叩き殺せ」

喜平は吐き棄てた。

浪人と遊び人は、彦兵衛に迫った。

彦兵衛は後退りした。

「それまでだ……」

戸口に左近が現れた。

彦兵衛は、素早く左近の傍に寄った。

「何だ、手前……」

喜平は、左近を睨みつけた。

「公事宿巴屋の出入物吟味人、日暮左近……」

「何だと……」

浪人が、猛然と左近に斬りつけた。

左近は、浪人の刀を握る腕を押さえて無造作に捻った。

骨の折れる音が鈍く響き、浪人は激痛に絶叫した。

左近は、浪人を突き飛ばした。浪人は、所狭しと置かれた骨董品に激しく倒れ込んだ。

骨董品が壊れ、音を立てて崩れた。

浪人は、崩れた骨董品に埋れて気絶した。

遊び人は怯え、逃げ出そうとした。

左近は、傍らにあった古い鍋で遊び人を殴り飛ばした。遊び人は、弾き飛ばされて信楽焼の狸に激突した。信楽焼の狸は砕け散り、遊び人は悶絶した。

左近は、喜平に向き直った。

喜平は、恐怖に震えながら長脇差を抜き払った。

左近は笑った。

冷たい嘲笑だった。

「野郎……」

喜平は、絶望的な叫びをあげて左近に突き掛かった。

無明刀が閃いた。

喜平は、眩しさに必死に眼を見開いた。

閃きの眩しさが消え、冷たく笑う左近の顔が浮かび、暗い闇になった。

喜平の斬り飛ばされた首は、血を振り撒いて古道具の中を転がった。

「長居は無用です」

左近は、呆気に取られている彦兵衛を促した。

「えっ、ええ……」

左近と彦兵衛は、骨董屋狸堂から足早に立ち去った。

盗賊の狸堂喜平とその一味は滅んだ。

行燈の火は、油がなくなったのか小刻みに瞬いて音もなく消えた。


本所竪川一ツ目之橋には、三味線の爪弾きが響いていた。三味線の爪弾きは、小料理屋『桜や』から聞こえていた。

小料理屋桜やに珍しく客はなく、女将のおこんは三味線を爪弾いている。

左近は、一ツ目之橋の袂に佇んで桜やを見守った。

三味線の爪弾きは、白虎の来ない淋しさを告げていた。

おこんは、白虎の帰って来るのを待っている……。

左近は、おこんを哀れんだ。

櫓の軋みが響いた。

左近は、素早く身を潜めた。

猪牙舟が、大川から竪川に入って来た。

左近は、闇を透かし見た。

猪牙舟の舳先には人が座っていた。

まさか……。

左近は、己の気配を消して見守った。

猪牙舟は、一ツ目之橋の船着場に船縁を寄せた。

舳先に座っていた人影は、猪牙舟を降りて小料理屋桜やに向かった。人影は、浪人姿の白虎だった。

白虎は、おこんに逢いに来た。

左近は、おこんの喜ぶ顔を想い浮かべ、思わず微笑んだ。

刹那、白虎は振り返った。

左近は、己を無にして隠形(おんぎょう)した。

白虎は、左近の潜んでいる闇に鋭い殺気を放った。

左近は、隠形を諦めた。

白虎は、殺気を放ちながら一ツ目之橋に潜む左近に向かって進んだ。

おこんのために喜んだのが仇(あだ)になった……。

左近は、殺気を放った。
白虎は足を止め、闇に潜む左近を見据えた。
これまでだ……。
左近は、白虎の前に姿を晒した。
「日暮左近……」
白虎は、満面に憎しみを浮かべた。
「白虎、おこんが待っている。一目逢ってやるが良い……」
「黙れ」
白虎は地を蹴って夜空に飛び、左近に千鳥鉄の鉤爪を放った。
左近は、大きく飛び退いた。
千鳥鉄の鉤爪は、不気味な唸りをあげて鎖を伸ばし、一ツ目之橋の欄干を抉った。
左近は、無明刀を抜き払った。
無明刀は、月明かりに青白く輝いた。
白虎は、千鳥鉄の鉤爪を廻しながら左近に迫った。
左近と白虎は、一ツ目之橋の上で対峙した。
千鳥鉄は不気味な唸りをあげ、鉤爪は左近の肉を抉ろうと鈍色に輝いて廻った。

左近は、無明刀を青眼に構えた。

白虎は、千鳥鉄の鉤爪を放った。

左近は、飛来する鉤爪を見切った。

鉤爪は左近の顔を掠めて飛んだ。

左近の鬢の毛が散った。

白虎は、千鳥鉄の鉤爪を放ち続けた。

左近は躱し続け、横手に飛んだ。

千鳥鉄の鉤爪は追った。

左近は、一ツ目之橋を背にして身を潜めた。

唸りをあげて追って来た千鳥鉄は、鉤爪を一ツ目之橋の欄干に鋭く食い込ませた。

白虎は、素早く鉤爪を欄干から抜こうとした。だが、鉤爪は欄干から容易に抜けはしなかった。

白虎は、微かに焦った。

左近は無明刀を構え、白虎に鋭く迫った。

白虎は、千鳥鉄を棄て夜空に大きく飛んだ。

左近は、追って地を蹴った。
白虎は、連なる町家の屋根に降りて抜刀し、追って来る左近を待ち構えた。
刹那、白虎は背後に鋭い殺気を感じて振り返った。
左近が夜空から降り立ち、白虎に斬り掛かった。
白虎は、大きく飛び退いて手裏剣を続けざまに放った。
左近は、飛来する手裏剣を無明刀で叩き落として白虎に迫った。
「おのれ……」
白虎は焦った。そして、忍び刀を構え、左近に向かって猛然と走った。
左近と白虎は、無明刀と忍び刀を煌めかせて激しく交錯して飛んだ。
火花が散り、焦げ臭さが漂った。

竪川の流れは暗かった。
左近は、竪川沿いの道に飛び降りた。
白虎は忍び刀を構え、真上から左近に襲い掛かった。
左近は、無明刀を横薙ぎに一閃した。

白虎は、無明刀の閃きを辛うじて躱し、火薬玉を放った。

火薬玉は音もなく火を噴き、左近を一瞬にして青い炎に包み込んだ。

左近の首を獲った……。

白虎は、燃え上がる青い炎を見つめた。

青い炎は激しく燃え上がった。

二荒忍びの玄武、青龍、朱雀、総帥の二荒幻心斎……。

白虎は青い炎を眩しげに見つめ、左近に斃された者たちの顔を思い浮かべた。

二荒忍びは恨みを晴らす……。

白虎は、生き残った者の使命をどうにか果たし、微かな昂揚感を覚えた。

燃え上がった青い炎は、次第に鎮まり始めた。

白虎は、鎮まる青い炎の中に左近の骸を探した。だが、青い炎の中に左近はいなかった。

白虎は狼狽えた。

下火になった青い炎の奥の闇が揺れ、左近が現れた。

左近は、火薬玉が青い火を噴いた刻、背後の闇に飛び退いた。

日暮左近……。

白虎の左近を斃したという昂揚感は、粉々に打ち砕かれた。
おのれ……。
白虎は、忍び刀を構えて猛然と左近に飛んだ。
左近は、無明刀を真上に伸ばして大きく構えた。
白虎は、忍び刀を輝かせた。
刹那、左近は無明刀を真っ向から斬り下げた。
無明斬刃。
剣は瞬速……。
無明刀は閃光となって白虎を斬り裂いた。
「日暮左近……」
白虎は苦しく仰け反り、血を噴き上げて竪川に落ちた。
水飛沫があがり、竪川の流れに浮いた血は暗い流れに飲み込まれた。
白虎……。
左近が、無明刀に感じた手応えは確かなものだった。
白虎は死んだ……。
左近は、無明刀の切っ先から滴る血を振り切った。

竪川の流れは何処までも暗かった。

三味線の爪弾きは、小料理屋『桜や』から漏れ続けていた。

おこんは、白虎を待ち続ける……。

それが、おこんに与えられた運命なのかもしれない。

もし、そうだとしたら……。

左近は、おこんの運命を哀れんだ。

二荒忍び白虎との闘いは終わった。

左近は、踵を返して竪川沿いの道を大川に向かった。

大川から吹く風は、左近に冷たかった。

本所竪川の流れは暗く、三味線の爪弾きは哀しげに続いた。

廣済堂文庫　二〇一二年六月刊

光文社文庫

長編時代小説

陽炎の符牒　日暮左近事件帖

著　者　藤　井　邦　夫

2019年1月20日　初版1刷発行

発行者　鈴　木　広　和
印　刷　萩　原　印　刷
製　本　フォーネット社

発行所　株式会社　光　文　社

〒112-8011　東京都文京区音羽1-16-6

電話　(03)5395-8149　編　集　部
8116　書籍販売部
8125　業　務　部

ISBN978-4-334-77794-4　Printed in Japan

組版　萩原印刷